KB195300

명랑한 유언

명랑한 유언

구민정 ✽ 오효정 ◆ 에세이

스위밍꿀

네가 이걸 읽을 때쯤이면 내가 이곳에 없다는 얘기겠지?

평생 읽을 일이 없으면 좋겠지만,

사람은 누구나 죽음을 향해 달려가니까

힘들게 살아온 만큼 좀더 일찍 편하려고 갔나보다

생각해주면 좋겠다.

일러두기
고유의 글맛과 분위기를 살리기 위해 표기 및 맞춤법에 예외를 두었습니다.

"이렇게 일하다가 정말 암 걸릴 것 같아."

　　나는 극도의 스트레스에 휩싸일 때마다 이렇게 읊조렸다. 그때는 암에 걸려도 이상하지 않은 노동 환경이라고 생각했다. 그리고 지금은 그 말을 뼈저리게 후회한다. 암이 얼마나 무섭고 지독한 병인지 알게 되었으므로.

　　이 글엔 두 명의 화자가 있다. 나(구민정)와 오효정이다. 우리는 십이 년 차 방송 피디이다. 그 빡세다는 방송 판에서 이름만 대면 아는 예능 프로그램과 드라마를 거치며 입지를 다져왔다. 효정은 프리랜서 피디로, 나는 방송국 공채 피디로 일을 시작했다. 2023년, 우리는 한 작품을 공동 연출하게 되었고 운명적으로 소울메이트가 되었다.

　　조연출로서의 지난한 시간들을 버티고 버텨, 이제 막

연출로 데뷔해 꽃피우려는 그때. 효정이 위암에 걸렸다. 그것도 4기로 발견되었다. 효정은 순식간에 전도유망한 드라마 피디에서 '31세(여) 환자'가 되었다. 죽어라 일했더니, 진짜 죽음이 눈앞에 다가온 것이다. 위암은 효정의 일상과 가치관을 송두리째 바꿔놓았다. 왜 그렇게 일을 하려고 했는지, 일은 자신에게 어떤 의미인지, 자신의 인생에서 중요한 게 무엇인지 생각했다. 그리고 효정은 글을 쓰기 시작했다. 대학생 때 '너 글 잘 못 쓰는구나?'라는 피드백을 받은 후 '글쓰기 포비아'가 생겼지만, 이렇게 된 거 '뭐 어쩌라고' 생각하며 담담하게 글을 써 내려갔다. 나는 효정의 동료이자 보호자(룸메이트)로서 그 과정을 지켜보았다.

그사이 네 번의 계절이 바뀌었고, 효정의 병세가 급격히 악화되면서 글은 끝내 마무리되지 못했다. 나는 글의 빈 공간들을 보며 효정이 남기고 간 것에 대해 생각했다. 열정과 야망이 넘치던 동료 피디가 어느 날 갑자기 건강을 잃고 죽음에 가까워지는 과정은, 목표를 향해 전속력으로 달려가던 나의 삶을 멈춰 세웠다. 나에게 중요한 건 더이상 일이 아니었다.

살아 숨쉬는 게 너무도 당연해서 한 번도 죽음을 생각해본 적 없다면, 이 글은 당신의 남은 시간을 떠올려보는 계기가 될 것이다. 꿈을 좇아 일을 시작하는 당신에게, 꿈과 현실

사이에서 허덕이는 당신에게, 인생에서 가장 소중한 무언가를 잃어버린 당신에게 이 글이 어떤 위로가 될 수 있길 바란다. 효정은 암 판정을 받던 날, 아무것도 할 수 없다는 무력감에 휩싸인 채로, '누가 날 좀 안아줬으면' 하는 마음이 되었다고 썼다. 당신이 누구든, 어떤 상태에 있든 이 글이 그렇게 당신을 따뜻하게 안아줄 수 있다면 좋겠다.

1장

우리는
정신없이
달리고
있었다

자기소개서—이름으로부터 벗어나기

오효정

나의 이름을 한자로 풀면 '조용히 효도하라'는 뜻이다. 이 이름은 '아들 낳는 이름'으로 지어졌다.

태몽부터 엄마의 느낌까지 틀림없는 아들이었기에 다들 내가 아들일 것이라 예상했다. 그러나 딸아이가 태어났고 90년대에 딸이란 그닥 환영받지 못하는 존재였다. 아빠는 내가 태어난 병원에 오지도 않았다. 아빠가 원망스럽진 않으나, 태어나자마자 실망스러운 존재였다는 사실이 유쾌하진 않다. 지금 아빠는 삼 남매 중 내 말을 가장 잘 듣는다. 그때의 실수를 뉘우치는 중일 수도 있겠다.

이후 오씨 가문에 '아들 낳기 프로젝트'가 시작됐다. 이미 친가 쪽에 세 명의 딸이 있었고, 나와 비슷한 시기에 태어난 친척 동생들 또한 딸이었기에 아들이 꼭 필요했다.

한 철학관에서 남자아이 출산을 기원하며 내 이름을 지어줬는데, 그 덕인지 정말 남동생이 태어났다. 한 소녀의 이름에 자신의 존재를 떡하니 걸치고 태어난 남자아이였다. 득남의 목적을 이룬 후엔, 조용히 효도하며 지내라는 타의적 메시지가 내 평생을 지배했다. 희생정신으로 똘똘 뭉친 쇠말뚝이 내 인생 중심에 딱 박혔달까.

이십대 이후 나는 우리집의 가장 역할을 맡게 되었다. 이십대 초반까진 집안의 사업이 꽤 잘되어 가게가 세 개나 있었다. 아빠는 좋은 차를 탔고, 내가 입고 싶은 옷을 기꺼이 사줬으며, 대학 등록금도 쉽게 내줄 수 있었다. 그런데 사업이란 게 그처럼 순식간에 사라지는 건 줄 그때야 알았다. 빚은 빚을 만들었고, 가게는 내놓아도 나가지 않았다. 친척들과 함께 산 땅을 팔아야 했는데, 그마저도 사기당해 매입한 터라 팔기가 쉽지 않았다. 아빠 이름으로 산 땅이라 우리 가족이 해결해야 했다. 분명 살 때는 함께 샀는데, 팔 때의 원망은 오롯이 우리 부모님이 들어야만 했다.

그나마 다행인 건지, 코로나가 유행하기 직전 겨우 사업을 정리하고 우리 가족은 아빠의 고향으로 향했다. 월세 주택을 구해 아빠는 그곳에서 지내고 엄마는 절에 들어가서 일하기로 했다.

아빠는 어릴 때 다리를 다쳐 장애인 등급을 받았다. 지금도 비행기 좌석처럼 좁은 공간엔 오래 못 앉아 계시고 걸을 땐 절뚝인다. 난 아빠가 장애인이란 걸 인지하는 데 좀 오래 걸렸다. 내가 태어날 때부터 아빠가 다리를 절뚝였으니 자연스러운 일이었다. 중학교에 입학했을 때쯤 언니가 나에게 말했다. 동네 친구가 소문을 전해줬는데, 우리 엄마가 계모일 거란다. 아빠는 다리가 불편하신데 엄마는 미모는 출중해서.

그때 알게 됐다. 아빠의 다리가 '일반인'이라고 불리는 사람들과 조금 다르다는 것을. 난 언니에게 그 이야기를 해준 친구를 아직까지 싫어한다. 굳이 그 말을 우리에게 전해야 했는가 싶다.

우리의 아빠는 보통의 아빠들처럼 일할 수 없었다. 엄마와 떨어진 후, 아빠는 혼자 할 수 있는 일이 없다며 딱히 일을 구하려 하지도 않았다. 일상생활은 충분히 가능했기에 삼 남매는 아빠의 쓸데없는 자존심이라 생각했지만, 누구도 그 자존심을 꺾을 생각은 없었다. 그 정도는 우리가 지켜줘야 했다.

사람들에게 엄마가 절에서 일한다고 말할 때면, '엄마는 사업이 망해서 비구니가 됐어' 정도의 극적인 사연을 기대하는 표정이다. 하지만 절에도 평범한 일들이 많다. 엄마는 기도를 접수하거나 스님들의 제사를 돕는다. 그간 장사만 했기에 오히려 조용해서 좋다며 마치 천직처럼 적응해나 갔다. 심지어 기도 접수를 잘 받아 매출 일위를 달성하기까 지 했다.

나와 여섯 살 차이인 남동생은 어릴 때부터 고생이 많았 다. 초등학교 때부터 혼자 밥을 해결해야 했으며, 대학 등록 금은 당연히 대출을 받아야 했다. 그 빚은 지금도 취준생인 동생의 어깨를 짓누르고 있다. 이렇게 된 게 내 탓도 아닌데 그 애를 보면 늘 미안하다. 겪어도 되지 않을 일을 늦게 태어 났다는 이유로 겪게 하는 것 같다. 어렸을 땐 내 이름이 동생 에게 이용당한 것 같아 원망스럽기만 했다. 게다가 부모님 대신 내가 동생을 돌봐야 해서 더욱 그랬다. 초등학생인 나 보다 유치원생인 동생의 덩치가 더 커서, 유치원 등하원을 도와줄 때면 그 애의 손에 유치원까지 끌려갔다가 다시 손에 붙들려 집까지 끌려오곤 했다. 둘이 싸우는 날엔 함께 아파 트 계단이나 베란다로 종종 쫓겨났고, 그러면 밖에 있던 롤 러 블레이드를 한 짝씩 나눠 신고서 신나게 놀았다. 지금은 정신 나이가 비슷해 가장 의지가 되는 존재다.

위로 여섯 살 차이 나는 언니는 애증의 자매다. 나와 기 질과 성향 모두 정반대다. 언니가 느리지만 따뜻한 사람이 라면, 난 빠르지만 좀 차가운 사람이랄까. 계획적이고 계산 적인 내가 보기에 언니는 답답할 때가 있다. 언니가 손해 보고 살 것 같아 늘 불안하다. 이십대의 언니는 서울역에서 모르는 사람이 교통비를 빌려달라고 하면 지갑을 여는 사람이었다. 십만원이나 요구했는데도 말이다. 취업 후엔 못된 사람들이 꼬여 괴롭힘을 당했고, 적응하는 데 시간이 필요한 언니를 답답하게 여기는 회사들과의 인연은 짧았다. 언니는 사회복지를 전공했고 노인과 어린아이를 좋아하는 사람이었다. 그 분야에서 일하려면 늘 월급이 적었다. 치열하게 살아야만 살아남는 서울에서 언니는 버거워 보였다.

결국 언니는 여러 회사를 전전하다 고향으로 돌아와, 6평짜리 원룸에서 아이들을 화상으로 가르치는 일을 시작했다. 업무량은 치일 정도로 많았고 해내지 못하면 바로 잘릴까 전전긍긍했다. 월급은 아르바이트를 하느니만도 못했다. 사정을 들은 나는 분노했다. 삼십대 중반인데 왜 아직도 그 돈밖에 못 받고 그런 취급을 받으며 버티고 있냐고, 소리를 고래고래 질렀다. 난 그렇게라도 이야기를 해야만 했다. 나를 제외한 우리 가족 누구도 제대로 돈을 벌지 못한 채, 엄마 혼자 빚을 갚으려 허덕이고 있었으니까.

나는 이십대 초반에 취직해 쉬지 않고 일했고, 일을 시작한 뒤엔 집에 단 한 번도 손 벌리지 않았다. 그렇다고 큰돈을 부모님께 드리지도 않았지만. 한번 큰돈을 건네면 끝없이 건네야만 할 것 같아 회피했다. 부모님은 단 한 번도 우리에게 빚 갚아달란 얘기를 한 적이 없다. 그럼에도 불구하고 부모님을 쫓는 빚이 마치 나를 쫓는 것 같았다. 우리 가족이 걱정 그늘에서 벗어나 다시 여유로운 삶으로 돌아갔으면 좋겠다고 생각했다. 돈 따위가 우리 가족의 약점이 되는 게 싫었다.

그래서 명절에 부모님에게 용돈조차 드리지 못하는 언니가 미웠던 것이다. 그런데 언니는 되려 왜 그렇게까지 가족에 대한 책임감을 느끼냐며, 우리가 부모를 도울 순 있지만 그게 의무는 아니라고 했다. 그리고 그게 널 그렇게 짓눌렀다면 왜 이제까지 그런 마음을 나누지 않았냐고 따졌다. 난 얘기한들 뭐가 달라지냐며, 이 상황이 바뀌려면 언니가 제대로 돈을 버는 길밖에 없다고 했다. 언니의 무능력함이 우리 가족에게 얼마나 피해를 주고 있는지 꼼꼼히 찾아내 날카로운 단어들에 버무려 내뱉었다. 결국 언니는 사과했다. 경제적으로 좀더 여유 있는 일을 찾아보겠다고 했다.

처음으로 현실적이고 이성적인 언니를 마주한 날이었다. 언니의 말들이 단번에 날 설득했다. 그렇지만 아득바득 언니를 이기려 상처받을 말들만 골라 내뱉었다. 사실 언니 말이 맞았다. 언니가 내 기준만큼 열심히 살지 않는다고 판단해버리곤 부모의 빚을 핑계로 화를 낸 건 아닌지. 언니와 헤어진 후 엉엉 울어버렸다. 내가 졌다.

이후 언니는 아빠가 사는 집으로 들어갔다. 월세 지출부터 줄였고, 안정적인 일을 구해 명절엔 부모님에게 용돈을 드릴 정도로 여유로워졌다. 이제는 그때의 나를 후회한다. 조금만 참았더라면 언니의 속도를 기다려줄 수 있었을 텐데. 또 한번 내가 졌다.

＊

'조용히 효도하라'는 이름과 집안 상황을 핑계로 나의 삶은 바쁘게 돌아갔다. 중학생 때부터 일찌감치 드라마 감독이 되리라 마음먹었다. 직업을 빠르게 결정한 이유는 십대 때 방황하는 언니의 모습을 보며 난 반대이고 싶었기 때문이다. 아직 꿈이랄 게 없는 또래 아이들 사이에서 꿈이 있다는 자체만으로도 성공한 것 같았다. 아마 그때부터 나의 효도 플랜이 시작됐을 것이다.

중학교 방송부 담당 선생님이 방학이면 영화를 찍자고 제안했다. 인권 영화를 찍어 각종 영화제에 돌렸고 운좋게도 수상 이력이 화려해졌다. 그때 내가 딱히 한 건 없다. 잡다한 일을 도맡았을 뿐, 편집기를 다룰 줄 아는 한 친구와 선생님이 영혼을 갈아 작품을 만들었던 걸로 기억한다. 옆에서 보기에 꽤나 멋졌고, 그 계기로 나도 시나리오를 쓰기 시작했다. 고등학교 땐 방송부 국장이 되어 인터넷 소설 같은 대본을 들고 영화를 찍었다. 축제 때, Mnet의 예능 프로그램 〈추적! X-boyfriend〉를 흉내내 뜨거운 반응을 얻기도 했다.

드라마 감독이 되리란 대쪽 같은 마음으로 중고등학교 시절을 보내곤 예술대학교에 입학했다. 꿈꾸던 예대 생활은 예'술'대학교인가 싶을 정도로 술만 마시며 보냈다. 연기에 대해 더 잘 이해해야, 감독이 되었을 때 더 좋은 표현을 할 수 있을 것 같아서 들어간 연극 동아리 〈극예술연구회〉는 역시나 극예'술'연구회였다.

마지막으로 졸업 영화는 남겨야 술로 점철된 대학 생활에 대한 죄책감이 덜할 것 같아 네 명의 친구들과 모였다. 밤새 머리를 맞대고 대본을 써 내려갔다. 각자 역할을 정한 후, 연출·조연출 자리만을 남겨두고 있었다. 중요한 작업을 책임질 연출! 하지만 엄청나게 피곤한 미래가 예견되었기에 모두가 기피하던 그 연출! 우리는 결정의 국룰, 가위바위보로 연출을 정하기로 했다. 그리고 내가 졌다……

졸업 작품의 퀄리티는 갑자기 어떻게 업그레이드되는 건지. 다른 팀들은 삼 년 내내 보지도 못한 장비를 사용했고, 현역에서 일하고 있는 선배들이 총출동했다. 그에 비해 우리 팀은 촬영, 조명 팀을 제외한 모두가 여자였고 다른 팀에게 장비고 지원금이고 다 뺏겨 '내돈내촬'해야만 했다. 심지어 촬영중이었는데, 다른 팀에서 조교님께 허락받았다며 발전기를 가져가는 일도 있었다. 졸업 작품 중 꼴찌는 따놓은 당상이었다.

우리의 자금으론 서울에서 장소를 대여하기는 어려웠기에 시골로 로케이션을 돌았다. 마침 아빠가 사기당한 땅이 떠올랐고, 그 땅의 작은 창고에서 우리의 촬영은 시작됐다(사기당한 땅 덕분에 지금까지 일하고 있으니 인생 참 재밌다).

마침내 졸업 작품 시사회 날, 다른 팀들은 수상을 확신한 듯 멋지게 차려입고 왔다. 기대조차 없었던 우리 팀만이 꾀죄죄했다. 그런데 연출상부터 배우상, 작품상, 편집상까지 전부 우리 작품이 호명됐다. 그날의 통쾌함이란! 다들 찌는 듯한 더위에 촬영하고 있는데 나 혼자만 시원한 바다에 동동 떠 있는 기분이랄까. 열다섯 살부터 스물두 살까지 쉼없이 달려온 데 대한 보상을 받는 듯했다.

시상식에 온 부모님의 표정 또한 잊지 못한다. 세상의 모든 걸 다 가진 얼굴이었다. "여기 보세요! 얘가 내 딸이에요!"라고 말하고 싶지만 체면 때문에 애써 참는 그 표정. '네가 성공할 줄 알았다'는 그 표정. 그걸 본 순간, 나는 사회에 나가서도 꼭 성공하고 말리라는 포부가 생겼다.

그 표정을 보지 않았더라면, 이십대를 좀 덜 열심히 살았을까? 아니, 부모님 핑계는 대지 말자. 이 생각의 끝은 결국 부모님의 그 얼굴을 다시 보고 싶은 나의 욕구를 마주하게 한다. 종종 일이 너무 힘들고 지칠 때면 언니와 동생에게 "난 가족들 때문에 이렇게 열심히 사는 거야, 알아?" 하고 푸념한다. 그 말이 상처를 줄 걸 알면서도, 과하게 열심히 사는 나에게 핑곗거리가 필요하기 때문이다.

고로 나는, 조용히 효도하라는 이름을 앞세워 나의 성공을 강하게 열망하고 있다.

고로 나는, 조용히 효도하는 게 아니라 누구보다 큰소리치며 효도하려 하고 있다.

고로 나의 이름은, 아들 낳는 이름으로 작용했을지언정 조용히 효도하라는 뜻으론 작용하지 못했다.

고로 나는, 껍데기에 불과한 이름에 한계를 짓지 않을 것이다.

고로 나는, 그때 불리고 싶은 이름으로 불릴 것이다.

고로 나의 이름은, 나에게 자유를 가져다줄 것이다.

그러니 이제는 자유로워지려 한다. 나의 껍데기로부터. 나의 이름으로부터. 나의 가족으로부터.

이십대의 시작

오효정

졸업 작품 시사회가 끝난 후, 심사를 봤던 촬영 감독 선배가 날 부르더니 당장 다음주부터 현장에 나오라고 했다. 나는 연출 전공인데 촬영팀으로 나오라고 해서 당황했지만 졸업을 앞둔 터라 가릴 게 없었다. 설레는 마음으로 출근한 현장은 J사의 예능 프로그램이었다. 지금은 J사에 대해 누구든 알지만, 그땐 개국한 지 얼마 되지 않아 이름조차 낯설 때였다. 진짜 취직이 된 건 맞는지 의심하며 첫 촬영을 나갔다.

프로그램의 재연 드라마 부분을 촬영하는 날이었다. 아무도 나에게 일을 시키지 않았다. 뭔가 하는 척하곤 있지만 아무것도 안 하고 있는 전형적인 막내의 모습이었다. 지난주 나는 무려 4관왕을 차지했건만, 그 영광을 미처 누리지도 못한 채 다시 신입생으로 돌아간 기분이었다.

성격이 급한 나는 이대로 있을 수 없었다. 보이는 쓰레기를 줍고, 점심시간이 되면 도시락을 나눠줬다. 소품이 없다고 하면 찾아줬고 출연자가 오지 않으면 매니저를 쪼았다. 어느 순간 스태프들이 뭐 하는 사람이냐고 묻기 시작했다. 촬영팀 막내라고 하면 허허 웃었다. 몇 달이 지나자 스태프들과 모여 드립 한 문장 정도는 날릴 수 있게 되었다.

이십대 초반의 혈기왕성한 나는 쉬는 날 대부분을 홍대의 클럽 거리에서 보냈다. 술은 한 잔도 못 마시지만, 사회생활 초짜의 스트레스는 가슴을 울리는 음악이 아니면 풀 수 없었다. 포차에 앉아 콜라 500시시를 때리고 있던 그때, 휴대폰이 울렸다. 촬영 감독 선배였다. 애써 외면하다, 끊기지 않는 전화를 결국 받아버렸다.

선배   야! 어디야?

오   예? 저…… 저 홍대입니다!

선배   네가 홍대에 왜 있어?

오   예? 친구들이랑…… 놀러……

선배   홍대 뒷골목에 ○○바로 와. 십 분!

오랜만에 잔뜩 꾸미고 온 홍대인데 최악이었다. 어디서 나를 본 건가 싶어 도망도 못 가겠고, 중년의 선배는 왜 하필 또

홍대에 있는가. 예대 선배의 십 분 콜은 엄중한 사안이라 더
이상 고민하지 않고 뛰었다. 숨을 몰아쉬며 바에 도착했을
땐 촬영 감독 선배와 프로그램 담당 피디님이 함께 있었다.

선배   야! 왜 이렇게 늦게 와?

오   죄송합니다!

선배   앉아, 짜식아! 이 새끼가…… 쉰다고 홍대나 돌아다
        니고 말야.

오   죄송합니다!

선배   야, 얘가 너 데려간단다. 갈 거냐?

오   죄송…… 예?

현장에 나갔던 프로그램 피디가 촬영 내내 나를 관찰하다,
막내가 하고 있는 일이 촬영팀 일이 아니니 연출부로 데려와
에프디를 시키고 싶다고 했단다.

선배   김 피디가 연출부로 너 데려가고 싶다는데, 갈 거
        냐고.

오   예! 너무 좋죠!

그러곤 바로 꿀밤 한 대를 얻어맞았다(그땐 그렇게 덥석 말

하면 안 된다고 혼나서 억울했는데, 삼십대 초반이 된 나는 선배의 말처럼 계약할 때마다 속에도 없는 밀당을 한다).

이후 나는 예능 프로그램 에프디로 정식 출근을 하게 됐다. 형사 프로그램, 모창 가수 프로그램, 해외여행 프로그램 등 삼 년간 일곱 개의 프로그램을 지나왔고, 틈틈이 편집을 배우며 피디로 직업을 바꾸었다. 에프디(Floor Director)는 현장이 원활하게 진행되도록 하고, 피디는(Producer)는 프로그램을 제작하고 연출하는 일을 한다. 설명하자면 그렇고, 무엇보다 편집을 하는지 또 연출적인 디렉션이 가능한지에 따라 둘은 구분된다.

난 공채 출신의 피디가 아니라, 에프디로 현장 일을 익히고 선배들에게 편집을 배우면서 프리랜서 피디로 자리잡기 시작했다. 예대 출신인 누군가 말했다. 공채로 입사한 사람들은 중고등학교 때 우리보다 훨씬 많은 노력을 했을 테니, 전문대 출신인 우리는 사회에서 그들보다 몇 배는 더 열심히 해야 그나마 겨우 쫓아갈 수 있을 거라고. 매우 동감하는 바이다. 당장 자막을 쓰려니 맞춤법과 다양한 어휘를 알아야 했다. 이미 준비된 이들을 쫓으려니 남들보다 시간이 부족했다. 한국어 능력 시험 책으로 공부도 하고, 여느 때보다 다양한 책을 부지런히 읽었다. 부재하는 시간을 채우려 호수 속 백조처럼 열심히 발장구쳤다. 지금의 나는 그때의 내가 대단하다고 생각하는데, 그때의 나는 이미 준비된 사람이고 싶었기에 모든 노력을 숨겼다. 지금이라면 대견한 나를 티 내고 싶어서 바로 SNS에 올렸을 것이다. #한국어능력시험 #편집 #자막쓰기힘들어.

사실 편집을 하거나 자막을 쓸 때 무엇보다 중요한 건 바로 센스다. 빠르게 변화하는 트렌드를 반영해 시의적절한 센스를 발휘한 편집은 그야말로 무적. 기본 공식이야 선배들에게 배울 수 있겠지만, 본인만의 시선에 현실 감각이 접목된 센스를 편집에 적용할 줄 알아야 한다. 그래서 예능 프로그램 피디들의 회식은 참 재밌다. 누가 시킨 것도 아닌데 한순간이라도 웃기려 득달같이 달려든다. 잘 잡은 타이밍의 드립은 그 사람을 다시 보게 만든다. 분명 그 센스는 편집에 활용될 테니까.

그렇게 정신없이 지나온 삼 년은 내 인생에 온갖 새로운 경험을 가져다줬다. 별로 나가본 적 없던 해외에도 가보고, 음악 프로그램은 어떻게 진행하는지, 롤 플레잉 추리 예능은 어떻게 구성하는지, 시트콤은 어떻게 찍는지 알게 되었으니까. 개국한 지 얼마 안 된 방송국이기에 시즌제 프로그램이 많았고 덕분에 짧은 시간 동안 다양한 프로그램의 구성을 흡수할 수 있었다.

물론 그만큼 힘든 일도 많았다. 건물이 이사할 때마다

새로운 프로세스에 적응해야 했고, 그로 인한 잡다한 업무는 에프디와 막내 피디들의 몫이었다. 편집실에 야전 침대를 놓고 밤을 새우던 일이나, 회사 샤워실에서 씻다가 발이 간지러워 내려다보니 발등에 벌레가 붙어 있어 깜짝 놀랐던 일도 잊을 수 없다.

이처럼 힘든 시간을 함께 보내다보니, 서소문 팥죽 건물 시절에 맺은 인연들은 여전히 소중하다. 밤새 편집하다 힘들면 지하 탁구장에 모여 마치 탁구 선수가 훈련하듯 맹렬히 탁구를 쳤고, 출출하면 남대문시장까지 걸어가 호떡을 사 먹었다. 편집이 안 풀리는 날엔 핑계 삼아 삼청동까지도 걸었다. 그땐 늘 막내라 모든 선배들이 방패 역할을 해줬고, 나에겐 너무 크게 느껴지는 실수들도 웃으며 눈감아주었다. 그 따뜻함 덕분에 프리랜서의 고독함도 몰랐다.

상암동으로 각종 방송국들이 이사하며 나도 후배를 둔 선배가 됐다. 새로운 프로세스를 맞이해도 당황하지 않은 척해야 했으며, 전화 받는 게 무서워도 후배가 억울한 일을 당하면 이 꽉 깨물고 대신 따져줘야 했다. 막내 시절이 그리웠다. 이제는 한 명의 프리랜서 피디로서 역량이 떨어지면 언제든 대체될 수 있다는 생각이 들곤 했다. 선배들이 일 잘한다고 예뻐해줬던 나인데, 나만큼 일 잘하는 프리랜서 피디들은 너무나도 많았다. 편집 잘하는 피디, 스태프들과 친한 피디, 섭외 잘하는 피디 등 저마다 특출난 분야가 뚜렷해 적재적소에 투입되기 좋았다.

　하지만 어떤 피디건 그들이 가장 빛을 발하는 때는 촬영, 편집을 거쳐 1차 편집본을 평가하는 시사 시간이다. 피디, 작가들이 모인 시사 자리는 살벌하다. 그야말로 첫번째 관객을 마주하는 자리니까. 그들의 리액션으로 솔직한 평가를 받고 나면, 그 순간이 나의 일주일 치 기분을 결정한다. 가편집본만으로 재밌단 평가를 받으면 수정을 할 때도, 자막을 쓸 때도 신이 난다. 재미없단 평가(리액션이 없는 상태)를 받으면 편집본이 통째로 날아가기도 한다. 그럴 땐 다른 사람의 편집본을 받아 자막을 쓴다. 그 씁쓸함이 이루 말할 수 없다. 마치 예능이란 사회에서 무능력하다고 퇴출당한 기분이랄까.

　문제는 나의 주특기가 웃기는 예능이 아니라는 사실. 게임 예능, '나까' 예능(어떤 방식으로든 막 웃기려는 예능), 서바이벌 예능, 시의성이 담긴 예능, 감성 자극 예능 등 예능에도 여러 장르가 있다. 방송할 땐 그럴싸한 이름으로 포장해 홍보하지만, 업계 사람들은 콘텐츠를 구성할 때 암묵적으로 위와 같은 큰 틀을 정해놓고 시작한다. 난 게임과 웃기는 예능에 너무 약하다. 마냥 웃기려는 예능은 남을 비난하거나 몸으로 웃기려는 프로가 많다. 나에겐 그것이 때로 가

학적으로 느껴져 불편한데, 편집에도 그런 나의 느낌이 그대로 반영된다.

내가 잘하는 건 뭘까? 나의 특색은 뭘까? 수많은 시사를 거치며, 나는 드라마가 담긴 감성 예능을 좋아한다는 사실을 깨달았다. 특히 인간적인 이야기를 담았을 때의 반응이 좋았다. 그렇다면 과연 난 예능 피디로 불릴 수 있는 것일까?

그 무렵 같이 프로그램을 하던 메인 피디님이 재밌는 일을 제안했다. 남편이 드라마 감독인데 내부 조연출을 찾고 있다고, 혹시 해보겠냐는 거였다. 예능에서 조연출은 내부와 외부의 일을 다 하는데, 드라마는 내부에서만 일하는 사람이 따로 있나? 외부 조연출은 녹화 날 현장 관련한 일을, 내부 조연출은 촬영 이후 후반 작업 관련한 일을 하는 사람이었다. 메인 피디님은 내가 편집을 할 줄 알고 믹싱, 색 보정, 종합 편집 등 예능에서 경험한 것도 있으니 금방 적응하지 않겠냐고 했다. 이제 막 내 이름 앞에 '예능 피디'를 달고 안정되어가는 마당에 다른 분야로 간다니. 두렵긴 했지만, 드라마라니 뭔가 멋있다고 생각했다. 드라마 현장이라면 〈그들이 사는 세상〉의 송혜교쯤 되려나?

그렇게 물지 말아야 할 미끼를 덥석 물어버렸다.

멈추지 않는 경주마

오효정

첫 드라마는 K사의 사극이었다. 드라마로 분야를 바꾼 일 자체도 머리가 깨질 것 같았지만, 옮기자마자 나의 멘탈을 무너뜨린 건 기계였다. K사는 개국한 지 얼마 되지 않은 J사와 달리 아날로그 시스템이 아직 존재하는 방송국이었다. 편집한 파일을 바로 송출하는 게 아니라, 비디오테이프로 송출하는 시스템을 유지하고 있었다. 비디오테이프로 송출하려면 비선형 편집기를 사용해야 했고 난 그 기계를 다룰 줄 몰랐다. 학교 다닐 때 잠깐 배운 적은 있었지만 마치 유물 체험처럼 스쳐지나갔던 정도(교수님들이 시키는 덴 다 이유가 있다는 걸 너무 늦게 깨달았습니다).

　나름 인수인계란 걸 받았지만, 선배 조연출의 말은 빠르게 흘러갈 뿐 내 머릿속에 제대로 된 형상으로 남질 못했다. 선배는 그 드라마에서 C팀으로 연출 입봉을 앞둔 상황이라 제 코가 석 자였다. 업무 설명을 나에게 냅다 던지곤 그도 그만의 던전으로 진입했다.

　　내부 조연출은 촬영 이후의 후반 작업을 진행한다고 했는데, 아직 촬영도 나가지 않은 지금 난 무얼 해야 하는가? 아무도 나에게 알려주지 않았다. 문득 촬영팀으로 처음 출근하던 날이 떠올랐다. 내부 조연출로서의 첫 출근 날도, 뭔가를 하는 척하지만 아무것도 하지 못하는 상태로 끝났다.

　　선배 조연출이 없는 날은 대부분의 시간을 나는 편집실 옆 공용 공간에서 보냈다. 좁은 편집실은 편집 기사님과 편집 보조 언니가 사용하고 있어 이미 꽉 찬 느낌이었다. 사람들이 계속 돌아다니는 공용 편집실에 앉아 사람들을 구경하기 시작했다. 나 빼고 모두가 바빴다. 사전 제작을 하지 않던 당시에는, 매일 생방송처럼 드라마를 내보내며, 진정한 '그들이 사는 세상'을 구현했다.

　　그때 나의 가장 중요한 업무는 점심 메뉴 정하기였다. 나름 예능에서 쌓은 짬밥이 있기 때문에 점심 메뉴 정하는 일은 매우 쉬웠다. 그룹에서 가장 고령자가 먹고 싶어하는 것을 눈치채면 됐다(아무것도 먹고 싶어하지 않는 상사를 만나면 고역이다). 점심시간 메이트는 편집 기사님, 편집 보조 언니 그리고 나 이렇게 세 명이었다. 고로 편집 기사님의 입맛만 맞추면 되었다. 다행히 우리 편집 기사님은 먹고 싶

34

은 게 명확한 편이었다. 일단 나에게 뭘 먹고 싶냐고 물어보지만 "여름이니까 메밀국수를 먹을까?" "겨울이니까 우동을 먹을까?" 등, 계절을 앞세워 본인이 먹고 싶은 메뉴를 흘렸다. 그러면 편집 보조 언니와 나는 맞장구치며 이 계절에 딱이라고 끌려가면 그만이었다.

점심을 먹고 오면 또 할일이 없었다. 쏟아지는 졸음을 참기 위해선 할일을 찾아야만 했다. 까칠한 편집 보조 언니에게 뭘 하면 좋을지 물었다. 뱅뱅 돌려 말했지만, 대본 분석을 하면 할일을 찾게 될 거라는 답을 얻었다. 이후 대본을 보고 또 봤다. 그랬더니 신기하게도 내가 할 일들이 보였다. 사극이니 자문 확인을 해야겠다든가, 용어를 설명하는 자막을 넣어야겠다든가, 크레디트가 올라가려면 스태프들의 이름을 다 알아야겠다든가, 어떤 부분에 VFX(Visual Effects, 시각 효과)를 줘야겠다든가…… 슬쩍만 봐도 수많은 할일들이 훤히 보였다. 그날부터 바빠졌다. 바빠지니 나도 필요한 존재라는 생각에 생기가 돌았다. 이제야 이 프로그램을 하고 있는 '내부 조연출'인 것 같았다.

몇 주가 지나자 까칠한 편집 보조 언니가 말을 걸어왔다. 다른 프로는 이렇다더라, 저렇다더라 하며 드라마 업계의 재밌는 이야길 해줬다. 처음엔 아무것도 못하는 애를 데려와 본인에게 업무가 더 쌓이니 화가 났던 것 같다. 드라마

쪽 일을 처음 시작하면 너무 힘들어 한 달, 아니 하루면 그만두는 사람들이 허다하다고 했다. 그런데 딱히 쫄지도(?) 않고, 직접 할일을 찾는 모습을 보니 일을 가르쳐줘도 되겠다 싶었다고 한다. 사실 그땐 질문 하나도 하루종일 생각한 뒤에야 물어봤다. 그런데 그 질문들이 쌓여 마음의 문을 열었다니, 나의 용기를 인정받은 것 같아 뿌듯했다. 이건 예능을 하며 찾은 신입의 꿀팁인데, 질문하는 자에게 기회가 있고 선배들은 그런 신입을 예뻐할 수밖에 없다. 잘 가르치면 본인이 할 일을 덜 수 있는 절호의 기회이기도 하니 말이다.

편집 보조 언니는 굉장히 바쁜 삶을 살고 있었다. 밀려드는 촬영본에 밤새우는 일이 많았지만 꼭 집으로 돌아갔다. 어린 딸이 있었기 때문이다. 집에선 딸 육아로, 편집실에선 편집 기사님 육아로, 아니 케어로 바빴다. 편집 보조는 말 그대로 편집 기사의 보조로 촬영본을 받아 편집할 수 있게 준비한다. 비디오와 오디오의 싱크를 맞추고, 씬 별로 시퀀스를 나눠 OK컷과 NG컷을 정리한다. 편집 기사는 그걸 받아 편집을 하는 시스템이다. 이렇다보니 촬영이 늦게 끝나는 날엔 데이터를 갖다줄 때까지 오매불망 기다려야 작업 후 퇴근할 수 있다.

편집이 완료되면 내부 조연출과 상의 후 VFX, 색 보정, 음악, 음향 효과, 믹싱 등 후반 작업을 할 팀들에게 파일을 공유한다. 후반 팀들이 작업을 완료하면 편집실에서 하나로 합쳐 종합 편집실로 보낼 준비를 한다. 내부 조연출은 이 파일을 받아 종합 편집실에서 비디오, 오디오 문제는 없는지 확인하고 광고를 붙이는 등 최종 마무리에 이른다. 후반의 모든 작업 과정에서 편집 보조와 내부 조연출은 떼려야 뗄 수 없는 관계다. 누구 하나가 실수를 저지르면 동반 자살이나 다름없으니까. 작업을 끝내고 보니, 이 편집 보조 언니와 친해지지 않았더라면 얼마나 캄캄했을지 새삼 감사했다.

촬영본이 어느 정도 모이고 나니 진정 내가 등판할 때가 왔다. 감독님과 함께 편집본을 시사하고, 후반 팀들을 돌며 어떻게 작업할지 의견을 나눴다. 말로는 너무 간단한 일이지만 우리 감독님은 디테일한 안목으로 간단한 일을 복잡하게 만들어내는 능력이 있었다. 모든 스태프들은 괴로워했고 그 불만은 오롯이 나에게 쏟아졌다. 내가 한 건 아닌데 내가 욕을 먹었다. 사실 조연출은, 모든 스태프들이 감독이 원하는 대로 일을 찰떡같이 해내면 필요 없는 직업이다. 연출이 모든 걸 일일이 관리하고 조율할 수 없기에 조연출이 있는 것이다. 고로 조연출이란 직업이 존재한다는 건 모든 스태프들이 감독님의 말을 듣지 않고 앞으로도 그럴 것이란 사실(지극히 조연출 마인드의 발언입니다)……

곧 그 역풍은 나에게도 찾아왔다. 티저를 만들라는 감

독님의 지시였다. 애초에 감독님이 날 데려온 이유였다. 다른 분야에서 일했으니 다양한 티저나 예고편이 나올 거라 기대한 것이다. 허나 앞서 말했듯 난 예능에서도 감성과 드라마에 충실한 노잼 조연출이었다. 감독님은 끊임없이 통통 튀는 아이디어를 갈구했고(하지만 의견을 내면 "효정아, 넌 이게 재밌니?" 하고 불호령을 내리셨다) 결국 감독님 본인이 낸 아이디어로 첫 티저를 찍게 됐다. 그럴 거면 진즉 말하시지, 점심 메뉴 정하듯 했으면 몇 개월 동안 머리에 쥐 나지 않았을 텐데 말이다(물론 속으로만 생각했다).

감독님의 아이디어는 배우가 광화문 한복판에서 왕세자 의상을 입고 춤을 추는 것이었다. 새로웠다! 사극의 진중함에서 벗어날 수 있고, 또 핫한 배우가 춤을 춘다. 그것도 도심 한복판에서. 현장의 게릴라성은 SNS를 뜨겁게 달굴 것이니 홍보 효과도 두 배가 될 터였다. 감독님의 '점심 메뉴 선정'은 베스트였다. 감독님의 첫 티저는 엄청난 화제가 됐고 다음 타자로 준비하고 있던 조연출들은 한층 더 긴장할 수밖에 없었다.

처음 티저를 만드는 나는 생각했다. 어차피 난 애송이기에 양질의 콘텐츠는 기대할 수 없으니, 질보단 양이다! 멜로 티저, 삼각관계 티저, 예능 티저 등 여러 가지 버전을 만들었고 그중 네 개가 티징됐다. 티저의 목적은 결국 사전 홍

보이기에 성공적이었는진 모르겠지만 나름 만족할 만한 조회수를 얻었다.

결국 가장 중요한 것은 시청률, 방송은 철저히 결과주의적이다. 시청률이 낮으면 촬영중인 현장도, 편집실도 모두 암울한 분위기를 피하지 못한다. 우리 프로그램은 다행히 8.5퍼센트의 시청률로 시작해 22퍼센트를 찍고 종영했다. 나는 첫 드라마부터 대박 드라마를 만나게 된 것이다.

1화부터 생방송처럼 나가게 됐던 터라, 어리바리한 나 때문에 많은 이들이 고생했다. 그날 자존심이 너무 상해 다음 종합 편집부턴 무조건 잘해내겠단 악바리 정신으로 유물 편집기 마스터에 나섰고 3화부턴 실수 없이, 선배 없이 해냈다. 드라마 시청률의 상승 곡선처럼, 나 또한 밑바닥부터 차근차근 올라갔다.

이후 드라마 여섯 작품을 했고, 세 작품은 시청률이 잘 나와 꽤 괜찮은 프로필이 되었다. 스태프 스크롤에 올린 직함은 프로그램을 할 때마다 바뀌었다. 내부 조연출, 크리에이티브 디렉터, 포스트 슈퍼바이저. 프로그램의 후반만 책임지는 것이 아니라, 전반적인 아이디어를 제공하려 애썼다. 때문에 드라마는 예능보다 훨씬 큰 성취감에 도취되도록 만들었다. 드라마가 잘되면 어딜 가나 그 드라마 얘기를 들을 수 있었다. 식당만 가도 어머니들이 서비스 반찬을 주시니 뜨거운 반응을 체감할 수밖에 없었다. 그렇게 도파민의 맛을 느껴버린 것이다. 너무 힘들지만 너무 달콤한 드라마. 누군가 성취감에 중독된다고 했는데 내가 딱 그랬다. 힘든 만큼 자부심도 더 컸고, 보람도 더 컸다. 특히 가족에게 "○○○ 드라마 했어"라고 말할 수 있는 게 좋았다. 아니, 내 말을 들은 가족들의 반응을 보는 게 좋았다. 내가 연출이라도 한 듯 뿌듯해했고, 내가 풀어놓은 흥미진진한 에피소드들은 가족들 입을 통해 지인들에게 더 그럴싸하게 전해졌다.

서른 초반, 텐트폴 작품이라는 대형 드라마의 포스트 슈퍼바이저를 맡게 됐다. 그동안 쌓아온 후반 작업 경력을 보여줄 소중한 기회였다. 이 드라마는 VFX 작업이 꽤 중요했고, 촬영 기간 또한 길었다. 모든 스태프들이 삼 년에 가까운 시간을 투자한 작품이었다. 그와 함께 예능 프로그램의 공동 연출을 제안받았다. 예능과 드라마가 결합된 프로젝트라 그 누구보다 내가 어울렸다. 이 작품 또한 일 년 정도는 진행해야 하는 큰 프로젝트였다.

부담이 되긴 했지만 스케줄만 잘 조정하면 충분히 해낼 수 있다고 생각했다. 입봉을 코앞에 두고 물러설 시간이 없었다. 낮에는 이 프로그램을, 밤에는 저 프로그램을 오가며 밤새워 일했다. 통장에는 대기업 연봉을 능가하는 금액이

찍혔다. 잔고를 보면 세상 마음이 따뜻해지고 쇠했던 기력이 복구됐다. 그토록 바라던 꿈이 현실이 되어 돈으로 이어지는 순간은 엄청난 기쁨이었다. 우리 가족의 약점인 돈이 드디어 나의 무기가 되는구나. 나와 우리 가족의 어깨는 하늘 높이 솟았다.

　나의 건강이 땅밑으로 꺼지고 있는 줄도 모른 채 말이다.

자기소개서―무인 집안의 별종

구민정

내 어릴 적 별명은 '멍순이'였다. 늘 멍을 때리고 있었기 때문에. 밤 아홉시에 자면 숙면 후 다음날 아침 아홉시에 일어났고, 손에 레고만 쥐여주면 혼자 방에서 몇 시간이고 놀았다고 한다. 아빠는 일찍이 나의 성정을 알아보고 바둑을 시켰다. 차분하게 앉아 상대와 수 싸움을 하는 바둑은 나에게 잘 맞았고, 삼 년 정도 꾸준히 배우니 어린이 바둑 대회에서 우승도 하게 됐다. 그러나 IMF로 인해 엄마가 운영하던 미술학원을 접어야 했고, 바둑도 그만두게 되었다. 가끔 바둑을 계속 뒀더라면 차분한 성정이 그대로 유지되었을까 생각해본다. 하지만 나의 성장 과정은 전혀 달랐다.

나는 태어났을 때부터 키가 컸다. 유치원 시절은 물론 초등학교 시절까지 다른 아이들보다 늘 머리 하나만큼 컸다. 초등학교를 졸업할 때 키가 169센티미터였으니, 남녀 통틀어 그 동네에서 내가 제일 컸던 걸로 기억한다. 이렇게 장신으로 태어난 건 아마 집안의 '체육인 유전자' 때문이었을 것이다. 아빠는 88올림픽에 출전한 국가대표 축구 선수였고, 엄마는 학창 시절 핸드볼 선수였다. 하지만 체대를 가고 싶다는 엄마의 말에 외할아버지는 '여자가 무슨 체대냐'며 미대를 보냈다. 엄마는 미술도 곧잘 해서 미술학원까지 운영했지만, 학원을 접은 뒤로는 삼십 년 넘게 아마추어 테니스 선수로 활동하고 있으니 사실 체육인에 훨씬 가깝다. 큰외삼촌도 국가대표 축구 선수였고, 막내 외삼촌은 특전사를 나와 체육 선생님을 하고 있다. 두 살 터울의 언니도 체대에 진학해 체육 선생님이 되었으니 말 그대로 온 가족이 '무인(武人)'인 집안이다.

무인 집안에서 태어난 멍순이는 정글에 내던져진 타잔과 같은 운명이었다. 어딜 가서 지고 오거나 어떤 무리에서 대장을 하지 못하는 건 있을 수 없는 일이었다. 나는 결국 이 집안에서 살아남기 위해 괄괄해졌다. 언니와 함께 초등학교 운동장을 누비며 축구를 했고, 언니가 학교에서 반장이 되고 걸스카우트 대보장을 하면 나도 자연스레 그 루트를 따르게 됐다. 한번 반장을 하니, 학창 시절 내내 반장을 했다. 리더가 되는 게 좋았다기보단 키도 크고 운동도 잘하다보니

'그냥 네가 반장해'가 되었다.

　그렇게 무인 집안의 괄괄한 멍순이로 살아가던 내가 갑자기 각성하게 된 사건이 생겼다. 때는 중학교 2학년 여름방학.

　'석기시대를 배경으로 하는 연극을 한 편씩 만들어 오시오'라는 과학 시간 조별 과제에서 대본과 연출을 담당하게 됐다. 연기에 소질이 없었던 나를 제외한 모두가 배우로 출연하고, 나는 그 외의 일들을 맡기로 한 것이다. 그래서 대본을 쓰고 무대 동선, 소품, 음향 등의 연출을 맡았다. 친구들과 함께 CD에 각종 음향 효과를 넣어 사운드를 만들고, 종이박스를 래커로 칠하며 무대 소품을 만들었다. 처음엔 합도 잘 안 맞고 이게 미음인가 죽인가 싶더니, 개학이 다가올수록 점차 밥이 되어가는 게 보였다. 개학 후 학생들 앞에서 공연을 하는데, 관객들이 점차 극에 몰입하며 우리가 의도한 부분에서 웃고 감동하는 모습에 엄청난 카타르시스를 느꼈다. 가슴이 뛰었다. 나는 이런 걸 좋아하는 사람이구나, 그때 처음 자각했던 것 같다.

　집에 와서 '연출'에 대해 인터넷으로 찾아보니, 연극/영화/방송 연출로 길이 나뉘는 것 같았다. 그런데 대부분의 연출이 경제적으로 궁핍해 보였다. 특히 연극이나 영화는 연출로 성공하기가 쉽지 않아 보였다. IMF를 겪으며 가족의 흥망성쇠를 지켜본 나에게 경제적 안정성은 굉장히 중요한 요소였다. 그나마 방송국 공채 피디가 안정적으로 월급을 받으며 창작할 자유도 얻을 수 있는 것 같았다. 그때부터 내 꿈은 방송국 피디가 되었다. 그런데 방송국 공채로 입사하려면 '언론 고시'라 불리는 높은 경쟁률을 뚫어야 하고, 학벌도 꽤 중요한 요소인 듯했다. 목표가 생긴 나는 공부도 열심히 했다.

연출을 꿈꾼 중2 때부터 고3 때까지 장래 희망란엔 늘 방송 피디를 적었는데, 가족들은 왠지 내 꿈을 진지하게 받아들이지 않았다. 무인 집안에 방송국놈이라니. 그런 돌연변이가 나올 리 없다고 여기는 것 같았다. 그래서 내가 고3이 되었을 때 엄마는 나에게 육군사관학교 시험을 권했다. 여자애한테 육사 시험을 권하는 게 일반적인 일은 아니지만, 이 집안에선 군인이 피디보단 잘 어울렸다. 그때까지 엄마에게 크게 반항해본 적 없던 나는, 육군사관학교 1차 필기시험을 치른 후 일박 이일로 입소해 2차 체력 테스트까지 보게 되었다. 처음부터 군인이 될 생각은 없었기에 대충 구색에 맞춰 하다 돌아갈 생각이었지만…… 그곳의 무언가가 나의 근성을 자극했다.

나는 구씨라서 모든 테스트를 1번으로 봤는데, 첫번째 종목이 하필 팔 굽혀 펴기였다. 한창 책상 앞에 앉아 있어서 온몸의 근육이 지방화된 고3에게 팔 굽혀 펴기라니…… 잔인하다고 생각하며 휘슬 소리와 함께 팔을 직각으로 굽혔으나, 역시나 내 팔은 몸뚱이를 버텨내지 못하고 그대로 주저앉았다. "구민정, 0개!"라는 판정을 받고는 풀이 팍 죽어서 뒤로 돌아갔다. 자존심이 상했지만, 지금 내 몸 상태로는 당연한 결과라고 생각했다. 그런데 그다음이 문제였다. 2번으로 나간 학생이 팔 굽혀 펴기를 하는데, 팔을 직각으로 안 구부려도 개수를 인정해줬다. 많은 학생들이 그런 방식으로 개수를 인정받았고, 나만 0개가 됐다. 내 얼굴이 시뻘게지는 게 느껴졌다. 부끄러웠다기보단 억울했고, 나는 흑화했다. 그뒤로 윗몸 일으키기, 단거리 달리기, 장거리 달리기 등 모든 종목을 죽어라 했다. 점심을 먹고 바로 단거리 달리기를 뛰었던 탓에 그길로 화장실로 가서 우유를 다 토했지만, 또 장거리 달리기를 죽어라 뛰었다. 나는 이후 모든 종목에서 일등을 차지하게 됐고, 3차 수능 시험 성적까지 합산하여 육군사관학교 여자 문과 수석으로 합격했다(응……?).

덜컥 육사 수석으로 합격하니 집안에서는 난리가 났다. 엄마는 사돈의 팔촌부터 친구들에게까지 동네방네 자랑을 하고 다녔고, 학교 정문에는 '축 육사 수석 합격!'이라는 플래카드까지 붙었다. 육사에서 합격자들을 초대해 만찬을 대접했는데, 만찬장에 들어갈 때 군악대가 팡파르를 불어주는

가 하면, 수석 합격자들의 가족석은 특별히 높은 단 위에 마련되어 있었다. 높았던 그 단만큼이나 엄마의 어깨가 올라갔다. 엄마는 그동안 나를 키우며 고생한 것에 대한 보상을 한 번에 받은 듯 자랑스러운 표정이었다. 당연히, 엄마를 비롯한 집안의 모든 어른들은 내가 육사에 입학할 거라 생각했다.

그런데 아무리 생각해도, 나는 군인이 되어 행복할 자신이 없었다. 내 꿈은 군인이 아니었다. 나는 방송국 피디가 되고 싶었다. 그날 집으로 돌아와서 엄마에게 솔직하게 말했다. 군인이 되고 싶지 않다고. 나는 연출을 하고 싶다고. 그날부터 육사 가입교 전날까지 엄마와 매일 싸웠다. 가입교를 하면 몇 주간 훈련 후에 정식 입학하는 수순이었다. 나는 필사적으로 저항했고, 온 가족과 엄마의 친구들까지 매일같이 전화를 걸어 나를 설득했다. 돌이켜보건대, 군인은 엄마의 꿈이었던 것 같기도 하다.

가입교 전날까지도 엄마와의 이견은 좁혀지지 않았고, 결국 우리는 대판 싸웠다. 서로를 향한 말이 날카로웠다. 엄마는 '지금까지 내가 널 어떻게 키웠는데 네가 이러냐'고 했고, 나는 '엄마가 나한테 해준 게 뭐냐, 지금껏 나를 키운 건 학원 선생님이야!'라고 맞받아쳤다. 철없고 유치하기 짝이 없는 말이었지만, 학창 시절 내내 엄마는 일을 하느라 집을 비우는 시간이 많았다. 아빠는 운동선수 출신이라 순진했던 탓에 당시 꽤 큰돈을 사기당했고, 그러면서 가세가 급격하게 기울었다. 밤마다 부부싸움을 하는 날이 많아지더니, 결국 아빠는 집을 나가버렸다. 아빠는 체육 선생님이었지만, 모든 월급을 차압당했기 때문에 엄마에게 한 번도 양육비를 건넨 적이 없었다.

한창 학비가 많이 들어가는 중고등학생 두 딸을 책임져야 했던 엄마는 홀로 호프집을 운영하며 돈을 벌었다(그 호프집도 월 오백만원을 벌 수 있다는 말에 덜컥 계약한 것인데, 그 또한 사기였다). 엄마는 초저녁에 나가서 새벽녘에 들어왔기에, 학교에서 돌아오면 늘 집에 엄마가 없었다. 그래서 나는 학원에 가 있거나 친구들과 있었다. 당시 학업과 진로에 관한 여러 고민들을 학원 선생님과 나눴고, 선생님에게 많이 의지했다. 그 학원에 보내기 위해서 엄마가 뼈 빠지게 일했다는 걸 알면서도 그날 밤 나는, 학창 시절에 부재했던 엄마에게 원망 가득한 소리를 쏟아낸 것이다. 엄마는 세상을 잃은 듯한 표정으로 나를 쳐다봤고, 나는 그날 처음으로 가출을 했다. 한겨울에 맨발로 뛰쳐나가 한참을 걸었다.

결국 엄마가 포기했다. 육군사관학교에 직접 전화를 걸어 가입교 포기 사실을 알렸고, 그 자리엔 간절하게 기다리던 예비 합격생이 들어갔다.

＊

나는 내가 가고 싶었던 대학교에 지원해 합격했고, 그때부터는 내 선택에 대한 책임을 져야 했다. 학비 전액 지원과 보장된 진로가 엄마가 나를 육사에 보내려는 중요한 이유였기에, 나는 스스로 대학 등록금을 마련하고 꼭 방송국 피디가 되어야겠다고 마음먹었다. 막상 대학에 입학하니 각종 장학제도가 많았고, 학내에서도 할 수 있는 아르바이트가 있어서 등록금을 마련하는 건 오히려 쉬웠다.

　문제는 방송국 피디가 되는 것이었다. 방송국 공채 피디 시험은 일 년에 다섯 명 내외로 선발하는데, 수천 명이 지원해 피디 지망생들 사이에서는 '언론 고시'로 통했다. 경쟁률이 매우 높아서 장수생들도 많았고, 오래 공부한다고 해서 합격하는 시험도 아니었다. 말 그대로 '답'이 없는 시험이었다. 1차 시험인 작문 테스트는 '홍대입구 9번 출구를 나왔다. 다음에 일어날 일을 서술하시오' 같은 식이었고, 2차 면접은 자유 형식으로 오 분 프리젠테이션을 하거나 주어진 키워드에 맞는 기획안을 구상해 발표하는 식이었다. 차라리 법전이 있으면 달달 외우기라도 할 텐데, 피디 취업 특강을 가면 '다양한 경험을 하고 자기의 색깔을 찾아라'라는 추상적인 방법만 들려줄 뿐이었다. '도(道)'는 어디에나 있다는데 도무지 눈에 보이지 않는 '도'를 찾아 헤매는 느낌이었다.

그래서 나의 대학 생활은 방황의 연속이었다. 뭔가를 하지 않으면 불안했다. 대학 생활 사 년 동안 국토 대장정을 두 번이나 완주하고, 교환학생으로 싱가포르에 다녀왔으며(거기서도 알바를 했다), 미국 회사에서 인턴십도 했다. 교내에서는 학보사 사진 기자로 활동하며, 학과 부대표와 응원단, 사회과학 학회에 참여했고, 총학생회에서 학교 축제를 기획하고 사회를 봤으며, 기숙사 사감도 맡았다. 그 사이사이 술도 마시고 연애도 했으니 꽤나 바쁘게 살았다. 그렇게 다양한 경험을 하고 나면 어딘가에서는 '도'를 발견할 수 있을 줄 알았건만, 사실 그런 깨달음은 없었다. 그래서 초조했다. '나만의 색깔'을 찾지 못한 채, 피디가 되지 못할까봐. 내가 만든 작품이 노잼에 감동도 없을까봐.

대학교 4학년이 되어 피디 지망생들이 모여서 하는 스터디에 가입해 작문과 기획안 쓰는 연습을 했다. 제한된 시간 안에 글을 쓰고 서로가 첨삭을 해주는 시스템이었다. 그 사이 몇 개의 언론사, 방송국 시험에서 보기 좋게 낙방했지만, 반년 정도 스터디를 하고 나니 몇 개의 킬러 콘텐츠(잘 쓴 글)가 축적됐다. 그즈음 종합 케이블 방송사 음악 채널의 신입 피디 공채가 떴고, 작문 테스트에 나온 키워드에 가지고 있던 킬러 콘텐츠를 버무려서 통과했다. 드.디.어! 피디가 되는 건가! 싶어 들떴지만, 사실 가장 막막한 건 2차 면접인 자유 프리젠테이션이었다. 오 분간 면접관 앞에서 자신을 표현하는 전형인데, 내용과 형식 모두 독창적이어야 했다. PPT를 만들어 자신을 소개하는 사람이 있는가 하면, 면접관 앞에서 라면을 끓이는 사람도 있었고, 오직 말로 승부를 보는 사람도 있었다. 무작정 튀려고 하기보단 진정성 있는 이야기를 효과적으로 전달해야 할 것 같았다.

면접을 준비하던 어느 날, 가족들과의 술자리에서 엄마의 이야기를 처음으로 들었다. 내가 고등학생이던 때, 호프집으로 출근을 하던 엄마가 천호대교에 차를 세우고, 뛰어내릴까 고민했다는 이야기였다. 이유는 간단하고 분명했다. 사는 게 힘들어서. 하지만 엄마는 언니와 나 때문에 다시 삶으로 돌아섰고, 여느 때처럼 출근을 했다. 그렇게나 강인해 보였던 엄마가 자살 기도를 했었다니. 그때 엄마가 느꼈던 삶의 무게와 고통이 상상조차 되지 않았다. 나는 어쩌면 영원히 엄마의 사랑을 알 수 없겠구나 싶었다.

나는 면접에서 엄마가 되어보기로 했다. 면접장에 나의 영정사진을 들고 상복을 입고 들어갔다. 그리고 딸을 잃어버린 엄마가 되어 곡소리를 했다. 내 딸이 얼마나 이 일을 하고 싶어했고, 무엇을 만들고 싶어했으며, 그 꿈을 이루지 못한 채 세상을 떠나 너무 원통하다고 쏟아냈다. 연기는 어설프기 짝이 없었으나, 다행히 진정성은 전해졌다. 면접관의 눈빛이 따뜻해졌다.

그후 살얼음판 걷는 시간을 지나 최종 합격 문자를 받던 날, 집으로 가는 지하철 안에서 나는 가슴을 쓸어내렸다. 기쁨보다는 안도감이 컸다. 합격해서 다행이라고 생각했다. 불확실한 미래가 나는 그만큼이나 불안했던 것이다.

회사에 정식으로 입사한 뒤 은행에서 바로 전세 자금 대출을 받았다. 엄마가 그동안 감당하던 빚보다 이자율이 훨씬 낮았다. 드디어 우리 가족에게 숨쉴 구멍이 생겼다. 마침내 나도 원하던 일을 시작할 수 있게 되었다. 그토록 바라던 일을 하게 되었다는 설렘에 그제야 가슴이 뛰었다.

열여덟번째 막내 피디

몇 개월간의 연수 교육을 마치고 현업으로 배치되던 순간을 기억한다. 십여 년간 꿈꿔온 직장, 방송국. 내가 입사한 음악 채널은 당시 대형 오디션부터 리얼리티, 페이크 다큐, 음악 쇼, 음악 드라마까지 다양한 장르의 프로그램을 만들었다. 일곱 명의 동기들과 함께 인사팀을 따라 국장실로 들어갔다. 국장님은 모두에게 어떤 프로그램에 가고 싶은지 물었고, 나는 드라마나 리얼리티 장르를 해보고 싶다고 대답했다. 그리고 대형 오디션 프로그램에 배치받았다(방송국놈들은 어떤 게 하고 싶다고 하면, 꼭 다른 걸 시키는 이상한 심보가 있다).

내가 배치된 대형 오디션 프로그램은 당시 채널의 간판 프로그램으로, 그 안에만 이미 열여섯 명의 피디가 있었다. 그날 나와 내 동기는 나란히 열여덟번째 막내 피디가 되었다. 전국 팔도를 돌며 지역 예선을 거쳐 본선으로 이어지는 '전 국민 오디션'을 표방했기에, 각 지역 체육관 대관 계약부터 카메라 렌탈, 소품 준비, 배차 계획 등 막내들이 챙겨야 할 실무가 상당히 많았다. 촬영 전에는 촬영 준비로 밤을 지새우고, 촬영이 끝나면 촬영본을 백업하고 싱크를 맞추고 편집에 필요한 자료를 찾느라 밤을 새웠다.

편집하는 선배들을 위해 밥을 사 오거나 심부름을 하는 것도 막내들의 몫이었다. 특히나 회사 건물은 음식물 반입이 원칙적으로 불가했기에, 밥을 경비원에게 걸리지 않고 편집실까지 잘 들여오는 게 막내 피디의 주요한 업무 중 하나였다.

그래서 끼니때마다 회사 안에서는 각 팀 막내 피디들의 첩보 작전이 펼쳐졌다. 이십 인분의 밥을 카메라 가방에 담아 장비인 척 들여오기도 했다. 혹시라도 밥을 가져오다가 경비원에게 걸리면 막내가 속한 팀 피디들의 인사 가점이 전부 깎였고, 막내는 그날 하루종일 풀이 죽어 있었다. 그럼에도 선배들은 늘 밤새워 편집하고 밥은 먹으며 일해야 했기에, 다음날 막내는 또 어떻게든 밥을 날라야 했다. 그러다 다른 직무 동기라도 마주칠 때면 그들의 짠한 눈빛을 마주해야 했다. 밥을 먹어야 하는 자와 금하는 자 사이에서 고군분투

하는 막내들이라니……

　방송 쪽 노동 강도와 기강이 센 것은 알고 있었으나 상상 이상이었다. 새벽 세시가 넘어가도 아무도 퇴근할 생각을 안 했고, 막내도 당연히 집에 갈 수 없었다. 해당 채널이 노동 강도 때문에 '방송계의 특공대'로 불리는 건 입사 후에야 알았다. 하루는 자료를 찾다가 새벽 네시에 퇴근했는데, 지역 예선 촬영 때문에 새벽 다섯시까지 다시 출근해야 했다. 술이라도 진탕 먹고 스트레스를 풀고 싶었지만 그럴 시간이 없었다. 하루는, 무작정 편의점에 들어가 담배와 라이터를 집어들었다. 그때까지 난 한 번도 흡연을 해본 적이 없었지만 뭐라도 해야 할 것 같았다. 담뱃불을 붙이고 숨을 깊이 들이마셨다. 그리고 미친듯이 기침을 했다. 너무 맛이 없었다. 그대로 담배를 다 버렸다.

　그래도 일 년여간 대형 오디션 프로그램을 경험하며 스타의 탄생을 좀더 극적으로 보여줄 수 있는 리얼리티를 구성하는 방식을 제대로 익혔다. 일반인에서 스타가 탄생하는 과정은 그 자체로 드라마가 되었지만, 그 사이엔 고난과 갈등을 극복하는 서사가 필요했다. 그래서 여러 가지 미션을 제시하고 이를 해내는 과정을 통해 출연자의 성장을 보여준다. 특히 본선 출연자들이 일주일간 합숙하며 미션을 수행하는 단계가 있었는데, 그 기간 동안 출연자나 스태프나 모두 제대로 잠을 이루지 못했다. 미션을 해내야 하는 시간 자체가 타이트해서 출연자들은 밤새워 연습할 수밖에 없었고, 긴장감과 물리적인 스트레스로 극한에 몰린 출연자들은 평소보다 더 쉽게 예민해졌다. 결국 서로를 향한 말은 점점 더 날카로워졌고, 그로 인해 갈등 상황이 자주 발생했다. 그렇게 카메라에 담아낸 갈등은 극적인 편집의 좋은 먹잇감이 되었다.

그때 나는 가장 큰 회의감이 들었다. 내가 원하던 일이니 몸이 힘든 건 충분히 버텨낼 수 있는데, 버틸 이유를 잃어버린 느낌이었다. 갈등을 위한 갈등을 만들어내는 과정을 보며, 마주하지 않았어야 할 방송의 민낯을 봐버린 느낌이었다.

이후 일 년간은 음악 쇼의 조연출로 일했다. 현장에서 열광하는 관객들의 반응에 묘한 흥분감을 느꼈고, 화려한 조명과 불꽃, 터질 듯한 음향에 도파민이 마구 분출되었다. 하지만 쇼가 끝난 후, 뼈가 무너져 내릴 것 같은 피로감을 끌어안고 집에 오면 모든 게 공허해졌다. 뭔가를 잃어버렸다는 느낌을 지울 수가 없었다. 왜 이 일을 하고 있는지, 나는 무엇을 하고 싶은 사람인지를 되돌아봤다. 나는 내가 만드는 프로그램에서 어떤 의미를 찾지 못했다. 나는 한 번 보고 끝나는 게 아닌, 사람들의 마음속에 남을 수 있는 가치 있는 무언가를 만들고 싶었다.

　그즈음 공영 방송 K사의 예능 피디 경력 공채가 떴다. 나는 이직하기로 마음먹었다. 지금 이곳이 내가 꿈꾸던 일의 전부는 아니라고 믿기로 했다. 아니, 전부가 아니어야 했다. 새벽녘에 퇴근해 집으로 돌아와 다시 노트북을 켰다. 한참을 생각하다가 이력서의 자기소개서란에 좀더 구체적으로 나의 꿈을 적어넣었다.

　가치 있는 메시지를 재밌게 전하는 사람.

24억짜리 기회

구민정

몇 단계의 시험을 거쳐 K사 경력 공채에 합격했다. K사는 같은 방송국이지만 이전 회사와 분위기가 너무나 달랐다. 공영 방송이라 그런지 좀더 공무원 조직 같은 느낌이었다. 이삼십대가 대부분이었던 이전 회사와 달리, 이곳에서는 엘리베이터에서 사오십대도 많이 보였다. 낯설었지만, 그게 나에게 어떤 편안함을 주기도 했다. 그건 내가 나이를 먹고서도 이 회사에서 일할 수 있다는 걸 보장받는 느낌이었으니까 (그땐 그랬다). K사에서도 여전히 나는 막내 피디였지만, 일인분의 프로듀서로 존재한다는 생각이 들었다. 이전 회사에서는 여러 피디들을 갈아넣어(?) 하나의 색깔을 보여줬다면, 여기서는 피디 개개인의 색깔이 발현되어 프로그램이 만들어지는 식이었다.

입사 후 처음으로 배치된 프로그램은 안전 버라이어티 토크 쇼로 '~하면 죽는다'는 위기감을 보여주는 재연 드라마였다. 일 년여간 여러 사망 VCR을 찍으며 매주 사람을 어떻게 죽일지(?) 고민했다. 셀카 찍다가 죽는다거나, 스트레칭 안 해서 죽는다거나…… 극단적인 사례들이긴 했지만, 뭔가를 구성해서 촬영하는 것 자체가 재미있었다. 이후 여행 리얼리티, 육아 관찰, 음악 토크 쇼, 버라이어티 프로그램의 조연출로 일하며 촬영과 편집에 파묻혀 살았다. 프로그램마다 재미와 서사를 쌓아가는 방식이 달랐고, 그 과정에서 만나는 사람들도 정말 다양했다. 마음이 맞는 선후배와 작가님이 생겼고, 가까워진 출연자들도 있다. 재능이 넘치는 사람들과 새로운 장소에서 무언가를 만들어가는 일은 굉장히 설레는 경험이었다. 그들과 함께 성취의 기쁨을 나누며, 이 일에 대한 자부심과 프로 의식이 깊어졌다.

그렇게 육 년간의 조연출 생활 후, '환경 캠핑 예능'으로 연출 데뷔를 했다. 캠핑을 좋아해서 밖으로 자주 나가다 보니, 해마다 자연이 변해가는 게 느껴졌다. 캠핑에 환경 이야기를 녹여서 환경 문제를 하나의 트렌드로 만들어봐야겠다고 생각했다. 이런 기획을 참신하게 받아들인 대한민국 톱 배우가 참여해 광고도 많이 붙었지만, 시청률이 아쉬웠다. 첫 연출작인 만큼 서툰 점도 많았으나, 무엇보다 환경 이야기에 대한 사람들의 마음의 장벽이 높다는 것을 실감했다. 환경 이야기를 하려면 사람들의 머리가 아닌 마음을 울려야 한다는 것을 깨달았다.

그러던 와중에 내 인생에 큰 기회가 왔다. 회사에서 공영 방송 오십 주년을 맞아 시청자에게 신선하게 다가갈 수 있는 대기획 프로그램을 공모했다. 우리 사회의 주요한 의제에 새로운 방식으로 접근하길 원하는 프로젝트였고, 그 방향은 내가 고민하던 것과 일치했다. 나는 기후 변화를 음악 퍼포먼스로 풀어내는 기획안을 제출했고, 결과는 일등이었다. 4회차에 24억의 예산을 배정받았다. 본능적으로 직감했다. 내 인생의 중요한 전환점이 찾아왔다고.

우리가 처음 만난 날

구민정

효정을 만나기까지는 제법 시간이 걸렸다.

나는 공영 방송 오십 주년 대기획으로 예능과 드라마가 크로스오버 된 작품을 준비중이었다(24억짜리 그 기회!). 국내뿐 아니라 태국, 스페인, 남극까지 로케이션이 상당히 넓었지만 내부 피디 인력은 나와 조연출 한 명뿐이었다. 심지어 국내와 해외 촬영 기간이 맞물려 있어서 이걸 혼자서 다 연출하는 건 불가능했다. 든든한 반대쪽 날개가 되어 나와 이 작품을 함께할 공동 연출자를 적극적으로 물색했다.

주변 인맥을 통해 유능하고, 센스 넘치며, 책임감 강하고, 성실한…… 유니콘 같은 피디를 수소문했다. 작품에서 연출자의 역할이 얼마나 중요한지 잘 알기에 급하다고 아무나 들이고 싶지는 않았다. 그렇게 몇 달간 나의 반쪽(?)을 찾아 헤맨 끝에, 예능과 드라마 모두 경험이 있는 오효정 피디가 레이더망에 딱 걸렸다.

한겨울이지만 햇볕이 따사롭게 내리쬐던 어느 날 오후, 효정과 나는 처음으로 카페에 마주앉았다. 효정의 첫인상은 이지적인 느낌이었다. 뚜렷한 이목구비에 머리가 굉장히 길고, 말랐고, 피부는 까무잡잡했다. 눈이 굉장히 큰 데 반해, 눈동자는 작고 또렷했다. 호기심이 가득한 표정으로 나를 바라보는 효정의 눈빛에 경계심이 묻어났다. 내 큰 덩치 때문인지 효정이 한껏 더 긴장한 듯 보였지만, 순간순간 나를 꿰뚫어 보려는 듯한 시선이 느껴졌다.

그 큰 눈을 바라보며 나는 이 프로젝트에서 당신이 해줬으면 하는 일들을 이야기했다. 출연자 섭외부터 광고 협찬까지 많은 이들을 설득해본 십 년 차 방송 피디의 짬바(?)로, 체계적이면서도 상대방이 부담스럽지 않게 구미가 당길 만한 미끼를 던졌다. 효정은 고개를 끄덕이며 차분하게 이야기를 듣더니, 모든 진행 상황에 대해서 디테일하게 질문하기 시작했다.

특히 드라마 쪽 준비 상황과 촬영 계획에 대해 구체적으로 물어봤는데, 당시 나는 드라마라고는 재연 드라마(사망 VCR) 경험이 전부였기에, 사실 드라마 촬영에 대한 구체적인 플랜 같은 건 없었다(몰랐다는 게 더 맞을 것……). 일단 예능 로케이션 촬영부터 하고, 드라마는 후반부에 준비할 생각이었다. 하지만 우리 작품의 경우 장르가 SF였기에 VFX와 같은 후반 작업이 매우 중요했고, 촬영 전부터 후반 작업팀과 상세하게 소통하며 그림을 일치시킨 뒤 촬영을 해야 할 필요가 있었다. 당시 나는 그 프로세스를 잘 몰랐다.

물음표로 남아 있던 머릿속 빈칸에 효정의 날카로운 질문들이 쏟아지자, 나의 눈빛이 흔들렸다. 순식간에 전세는 역전됐다. 효정은 그 틈을 놓치지 않고 조곤조곤하게 나의 무지함을 일깨웠다. 이런 걸 찍으려면 진작에 이렇게 이렇게 계획을 세웠어야 하고, 이런 팀들을 섭외해야 하고, 이런 생각들을 미리 하고 있어야 한다. 대체 어쩔 생각인 거냐(계획이 있긴 한 거냐)……

나도 'J'인데…… '극 J'인 효정 앞에서 나는 순살로 발라졌다. 그리고 그 순간 확실히 느꼈다. 효정이 우리 프로젝트에, 또 나에게 꼭 필요한 사람이라는 것을. 내가 일단 일을 저지르고 다니는 공격수 같은 사람이라면, 효정은 실제로 그 일이 가능하게끔 현실적으로 대비하고, 빌드업하는 수비수 같았다. 효정은 여러 가지 경우의 수를 고려한 뒤, 안전장치까지 확인하고 행동에 나서는 사람이었다.

모든 대화가 끝난 뒤, 효정은 이 프로젝트에 합류할지 말지 일주일간 고민해보겠다고 했다. 그는 이미 대형 드라마 작품에서 포스트 슈퍼바이저로 일하고 있었고, 이 프로젝트까지 맡는다면 투잡을 뛰어야 하는 상황이었다. 물리적인 부담도 있었겠으나, 이 프로젝트를 한다면 연출로 데뷔하는 첫번째 작품이 되기에 심리적 부담도 있었으리라. 효정은 아마도 일주일 동안 주변의 믿을 만한 사람들에게 이 작품을 해도 될지 물어봤을 것이고, 그가 신뢰하는 온라인 타로로도 조언을 구했을 것이다. 그리고 여러 조언을 바탕으로 자신의 진짜 마음을 들여다본 뒤, 결정했을 것이다. 정말 하고 싶고, 해낼 수 있는 일인지 확신을 가질 시간이 필요했을 테니까. 혹시 효정이 안 하겠다고 할까봐 매우 초조했지만, 애써 태연한 척 일주일을 기다렸다.

일주일 뒤, 효정의 대답은 '예스!'였다! 아싸!

훗날, 그때 왜 하겠다고 마음먹었냐고 물어보니, 내가 너무 대책 없어 보여서 걱정됐단다…… 그래서 자신이 할 수 있는 부분을 도와줘야겠다고 생각했다고. 그리고 내가 자신과 결이 비슷한 사람이라고 느꼈다고 했다. 내가 이 일을 진심으로 대하는 게 전해졌다고. 하지만 무엇보다, 본인 역시 연출해보고 싶은 매력적인 프로젝트였다고 덧붙였다.

그렇게 우리는 운명적으로 공동 연출자가 되었다.

우리는 서로에게 완벽한 양쪽 날개가 되어 힘껏 날아올

랐다.

　적어도 반년간은.

너의 우주가 반짝일 때

구
민
정

효정이 팀에 합류를 결정한 후 숨통이 좀 트이는가 싶더니
이내 사건이 터졌다. 당시 태국 촬영과 서울 촬영이 거의 겹
쳐서, 나는 조연출에게 서울 촬영의 전반적인 준비를 맡기
고 태국으로 떠났다. 그런데 서울 촬영이 일주일도 안 남은
시점에 조연출이 사라졌다. 하…… 광화문 한복판에서 유명
아이돌이 삼십여 명의 댄서와 함께하는 퍼포먼스 촬영이라
각종 허가부터 경호, 차량 통제, 무대 설치까지 사전에 조율
해야 할 일들이 많았다. 나는 효정에게 S.O.S를 쳤다.

구   혹시…… 다음주에 바빠요?

오   네……? 당장 다음주는 바쁘진 않은데…… 왜요……?

나는 불리한 부탁을 할 때면 미괄식을 쓴다. 최대한 아무 일 아닌 것처럼 일상적인 대화로 운을 뗀 뒤, 상대방이 무심결에 아무렇지 않게 대답하면 그때 본론을 꺼내든다. 효정은 바쁘지 않다고 말하면서도, 뭔가 심상치 않은 분위기를 감지한 듯 큰 눈을 끔뻑이며 나를 바라봤다. 애초에 계약할 때 약속했던 촬영도 아니었기에, 최대한 정중하지만 간절한 눈빛으로 효정에게 도움을 구했다.

하지만 나의 우려와 달리, 상황을 전해 들은 효정은 바로 나에게 무대 배치도를 보내달라고 했다. "이제 같은 팀이 되었으니, 제가 할 수 있는 건 다 할게요"라는 든든한 말과 함께. 효정은 그런 사람이었다. 결정을 내리기까지는 신중하게 고민하지만, 한번 결정하고 나면 자신의 모든 것을 내어주는 사람. 그는 빛의 속도로 자신이 해야 할 일들을 파악했고, 내가 온전히 무대 연출에 집중할 수 있게끔 현장 정리부터 리허설까지 에프디와 조연출의 업무를 도맡아 했다. 그의 업무 파악 능력과 속도는 남달랐고, 깔끔한 진행 능력은 눈이 부실 정도였다. 덕분에 광화문 한복판에서의 퍼포먼스 촬영은 빈틈없이 진행되었고, 방송 후에도 화제 몰이를 하며 가장 많은 조회수를 올렸다.

서울 촬영을 무사히 마친 후, 나는 S.O.S에 흔쾌히 응해 준 동료들에게 호텔 뷔페에서 저녁 식사를 대접했다. 정신없이 몰아친 한 주였지만, 그 시간을 함께 버텨낸 우리 사이에는 끈끈한 팀워크가 형성됐다. 짧은 시간에 그 어려운 일을 해냈다는 성취감이 우리를 휘감았다. 리허설 때 가수의 대역을 했던 조연출의 춤 실력이 갈수록 업그레이드 됐다느니, 그 조연출이 원래 댄스 동아리 출신이었다느니, 아이돌이 슬레이트 같이 쳐줘서 설렜다느니 각자의 무용담을 펼치며 기분 좋게 식사를 마쳤다. 식사 후에는 내 차로 한 명씩 집에 데려다주었는데, 차 안에서도 화기애애한 분위기가 이어졌고 효정도 분명 밝은 얼굴로 차에서 내렸다. 그런데 효정을 내려주고 가려는 찰나, 사이드미러에 비친 그의 얼굴에 갑자기 그늘이 확 진 게 보였다. 순간 무슨 일인가 싶었지만, 뭔가 심각한 걱정이 생겼나보다 하고 지나쳤다.

　다음날 들어보니 효정이 집에 가서, 먹은 음식들을 다 토했다고 했다. 괜찮냐고, 실컷 좋은 음식 먹여놨더니 왜 다 토하냐고 했더니 효정은 원래 피곤하면 가끔 쓰러지기도 하고 토할 때도 있다고 괜찮다고 했다. 나는 살면서 이유 없이 쓰러지거나 토한 적은 없었기에 그게 정말 괜찮은 건가 싶었지만, 어릴 적부터 몸이 좀 약해서 조회 시간에 운동장 한가운데서 쓰러진 적도 있다는 효정의 말에, 또 그럴 수도 있나보다 하고 넘겼다. 그늘진 얼굴로 돌아서던 효정이 왠지 계속 마음에 걸렸지만.

하지만 그런 걱정을 오래할 겨를도 없이 우리의 시계는 빠르게 흘러갔다. 이 주 후 나는 남극으로 촬영을 떠났고 효정은 동해 촬영을 준비했다. 둘 다 첫 회에 나오는 로케이션으로 남극은 내가, 동해는 효정이 연출하기로 했다. 두 로케이션 촬영의 톤 앤 매너를 잘 맞춰야 했는데 문제는 지구의 끝, 남극에서는 와이파이가 잘 터지지 않는다는 것이었다. 사진 하나 보내려면 족히 십 분은 걸리고, 문자 하나에도 몇 분씩 딜레이가 있었다. 그럼에도 우리는 인내심을 갖고 연락을 주고받으며 연출에 관한 여러 의견을 나눴다. 효정은 첫 연출이기도 했으므로 내용 구성부터 카메라 운용, 무대, 미술, 소품 등 많은 것들을 꼼꼼하게 체크하며 의견을 구했다.

사실 효정이 맡은 동해 촬영의 난이도가 가장 높았는데, YB밴드가 바다 한가운데서 노래를 시작하는가 하면, 보컬 윤도현이 점차 물이 차오르는 대형 수조 안에서 노래하는 모습을 구현해야 했다. 대선배님을 수조에 담그는(?) 것도 큰일인데, 심지어 그가 목까지 물이 차오르는 상황에서 노래하는 장면을 연출해야 한다니…… 기후 위기로 인한 해수면 상승을 표현하고자 고안해낸 장치였지만, 실제로 구현할 수 있을지는 미지수였다. 수조의 유리가 수압을 버틸 수 있는지 안정성을 검증해야 함은 물론, 사람이 들어갈 만한 대형 수조를 제작하는 것부터가 일이었다. 나는 이 모든 일을 효정에게 맡기고 남극에서 한 달간 펭귄과 물범에 둘러싸여 있었다.

효정은 그사이 영민하게 움직였다. 먼저 카메라계의 전설과도 같은 촬영 감독님께 빵을 사들고 찾아갔다. 그 감독님으로 말할 것 같으면, 각종 버라이어티 주말 프로그램부터 쇼, 리얼리티까지 이십 년 넘게 메인 촬영 감독으로 활약한 대가셨다. 수많은 경험과 지혜를 갖고 계신 감독님이지만, 회사로 치면 부장급에 속해 나나 효정 같은 어린 축에 속하는 피디는 쉽사리 다가가기 어려운 분이시다. 그러나 효정인 달랐다. 감독님을 곧바로 찾아가 촬영에 관한 조언을 구하고, 촬영 감독님으로 섭외했다. 그 감독님은 효정의 당돌함과 열정에 응해 자신의 모든 것을 불살라 촬영에 임해 주셨다. 효정인 그렇게 사람의 마음을 구할 줄 아는 사람이었다.

연출은 기본적으로 카메라, 음향, 조명 등 스태프부터 출연자까지 각자의 퍼포먼스를 최대치로 끌어올려서 한 방향으로 나아가게 하는 역할을 한다. 그래서 사람들을 북돋기도 하고 닦달하기도 하며 그들의 능력을 극대화시켜야 하는 일이 많다. 그런데 나는 이게 어려울 때가 종종 있다. 아니, 꽤 많다. 특히나 상대방도 이미 한계에 도달한 것처럼 보이는 상태에서 또 수정을 요구해야 하는 일이 가장 어렵다. 100퍼센트까지 만드는 건 쉽지만, 창작물은 120퍼센트의 완성도를 요구하는 경우가 다반사다. 그 20퍼센트의 차이가 작품의 퀄리티를 결정짓기 때문이다. 그래서 촬영할 때 수십 번의 테이크를 가기도 하고, CG 한 컷에 수백 번의 피드백이 오가기도 한다.

이런 집요함은 작품의 완성도를 높이기 위한 연출의 중요한 덕목이지만, 결국 혼자서 작업하는 게 아니기 때문에 함께하는 스태프들의 마음을 헤아리는 게 그만큼 중요하다. 내가 일을 더 하더라도 작품이 분명 나아지고 있다는 기대감과, 주요 스태프로서 충분히 존중받는다는 느낌이 있어야 120퍼센트까지 해낼 수 있다. 그러나 소통 과정에서 오해가 생기거나 신뢰가 깨지면, 중도 하차하는 스태프가 나타나거나 적정선에서 타협하게 된다.

효정은 이러한 소통 능력이 탁월했다. 일을 하기 전 꼭 스태프들과 한번씩 밥을 먹으며 친해지는 시간을 가졌고, 일을 지시하거나 수정이 필요할 때는 최대한 감정을 배제하고 팩트만 전달했다. 상대 또한 프로이기에, 일은 그저 일로 받아들일 뿐 감정이 상하는 경우는 거의 없었다. 그리고 효정이 누구보다 많이 고민한 후 이야기한 것을 알았기에 그의 결정을 믿고 따랐다. 이런 식으로 효정은 상상 속의 그림을 현실로 만들어갔다. 미술 감독님과 소통하며 마침내 수압을 견딜 수 있는 튼튼한 수조를 제작했고, 틈틈이 강원도로 답사를 다니며 멋진 로케이션들을 찾아냈다. 아티스트가 신나게 자전거 라이딩을 할 아름다운 벚꽃 길을 찾았고, 그 장면을 찍기 위해 촬영용 레커차도 빌렸다. 드라마 판에 있어서 그런지 생각보다 더 판을 크게 벌였지만, 그 덕분에 동해의 촬영본은 훨씬 더 풍성해졌다.

내가 남극에서 돌아오고 일주일 뒤, 동해 촬영이 시작됐다. 서울 촬영에서 효정이 나의 조연출 역할을 완벽하게 해주었듯이, 이번에는 내가 효정의 조연출 역할을 빈틈없이 해낼 차례였다. 촬영 현장에서 효정과 스태프들의 식사를 챙겼고, 연출의 뜻대로 돌아가지 않는 부분이 있으면 대신 달려가서 스태프들을 쪼기도 하고 어르고 달래며 효정이 생각한 그림대로 구현될 수 있도록 도왔다. 그때 내가 본 효정은, 정말이지 찬란하게 반짝였다. 예상치 못한 수많은 변수가 몰아치고 세찬 바닷바람까지 얼굴을 강타하던 동해의 한가운데에서 효정은 분명 환하게 웃고 있었다.

효정은 신나 보였다. 아티스트와 끊임없이 소통하며, 카메라 감독님을 비롯한 현장의 수많은 스태프들에게 명료하게 디렉션을 전달했다. 아쉬운 부분이 있으면 망설임 없이 재촬영했다. 쉬는 시간엔 스태프들과 웃으며 자전거를

타기도 했다. 효정이 이 일 자체를 사랑하고 즐기는 게 모두
의 눈에 보였다. 촬영을 마친 후 식사 자리에서, 어디서 저렇
게 일 잘하는 연출을 데려왔냐며 칭찬하는 스태프들의 목소
리가 여기저기서 들렸다.

    훗날 효정은 이때 자신이 살아 있다고 느꼈다고 말했
다. 하고 싶은 일을 신나게 해내는 효정의 눈빛은 확실히 생
기로 가득했다. 이제 막 꿈을 펼치기 시작한 사람만이 지닌
설렘과 열정, 그리고 밝은 미래에 대한 희망이 그 안에서 반
짝이고 있었다. 효정은 방송업계에서 십 년간 온몸으로 흡
수하며 쌓아온 자신만의 세계를 신중하게 펼쳐 보였다. 매
촬영을 진지하게 고민하며 준비했고, 촬영 현장에는 누구보
다 먼저 나와 있었다. 그가 현장을 이끄는 목소리에는 오랜
고민 끝에 얻은 확신이 담겨 있었다.

    효정이 연출한 영상에서는 그만의 우주가 펼쳐졌다. 그
우주에는 푸르른 바다와 노랗게 피어난 들꽃이 가득했고,
자연을 향한 감탄과 찬사가 담겨 있었다. 화면 곳곳에서 사
람과 생명에 대한 깊은 애정이 느껴졌다. 그 우주는 따뜻하
고 인간적이었으며, 섬세하고도 아름다웠다.

    나는 효정의 우주가 서서히 피어나는 순간을 지켜보았
다. 그 우주가 멈춤 없이 무한히 확장되기를 진심으로 바랐다.

2장

느려진
발걸음으로

텅 빈 나의 우주는

오
효
정

삼십대가 되면서 비로소 나의 우주가 완성되어간다고 믿었다.

나의 우주는 아집과 예민함, 완벽주의 성향, 눈치, 센스, 아부, 경력, 자부심, 편안함, 자연, 귀여운 것, 요가, 여행, 마라탕, 물닭갈비, 얼큰수제비, 물놀이, 원목 가구, 지브리 애니메이션, 미스 리틀 선샤인, 너무 조용하지 않은 고요함, 요란한 꿈 등으로 이루어져 있었다.

서른에 접어들며 이십대의 편협한 생각이, 정말 편협한 생각이었단 걸 알게 됐다. 상대방을 이해하는 척하지만 내 말이 옳다고 믿었던 나를 미워할 수 있게 됐다.

지난 과거를 반성할 수 있는 서른 살의 오만은 나를 어른이라 착각하게 만들었다. 어른이라는 우주를 갖게 된 나

77

는 한없이 더 오만해져갔다. 힘들지만 힘들지 않다고 생각했고, 행복하지 않지만 행복하다고 생각했다. 아프지 않다고 생각했다. 그래야만 했다. 나의 우주를 지키기 위해선.

하지만 정작 나의 우주 안에 '나의 것'은 없었다. 남의 것을 표현해주고 남의 것을 이용해 성취감을 느끼는 삶은 있었으나 '내가 만든 것'은 없었다. 그렇기에 초조했다. 내가 만든 우주를 만나려면 나에게 무언가 창작할 시간을 줘야 했다. 허나 그 창작이 허접한 나의 모습을 마주하게 할까 두려워 도망쳤다.

전속력으로 밟은 페달을 견디지 못한 나의 가짜 우주는 펑 터져버렸다. 텅 빈 우주가 진짜 내 것이란 사실을 마주하게 됐다. 난 무엇을 위해 일을 하는가, 난 무엇을 꿈꾸며 달리고 있는가. 과연 난 지금 행복한가. 그 어떠한 것에도 답할 수 없었다. 먹먹하고 공허한 나의 텅 빈 우주. 그 까만 공간은 더 큰 우주 속으로 빨려 들어갔고 덕분에 나의 체력과 정신은 아득해졌다.

오
효
정

내가 가장 좋아하는 물닭갈비를 앞에 두고 깨작거리고 있을 때, 민정이 말했다.

구   응급실에 가보는 게 어때?

오   아프지 않은데 응급실을 왜 가?

구   며칠째 그러고 있잖아.

먹는 것을 너무도 좋아하는 내가, 입맛이 없어졌다는 걸 처음 깨달았다. 민정은 나보다 먼저 내 몸이 이상 신호를 보내고 있단 걸 눈치채줬다. 돌이켜보면 수많은 사람들이 그때 나의 상태를 걱정했지만 모른 척 흘려보냈다. 얼굴이 잿빛이라나 뭐라나. 파운데이션을 23호에서 21호로 바꾸는 정도의 노력은 했다. 2023년의 오효정은 안 아픈 게 이상할 정도의 생활을 하고 있었으니 잿빛 정도야 대수로운 일이 아니었다(원래 피부색이 어둡기도 하다……).

당시 나는 투잡을 뛰고 있었다. 인간의 기본 욕구인 수면욕과 식욕은 가볍게 무시하고 있는 삶이었다. 그즈음 배가 콕콕 쑤시는 통증이 있었고, 며칠 내내 오전에 쓰러져 점심에 링거를 맞고 오후에 출근하는 루틴이 배어 있을 때였다. 최악의 루틴이란 걸 그땐 왜 몰랐니? 이 바보 같은 소녀야. 소녀라는 말은 내가 덜 멍청해 보이고 싶을 때, 나의 유약함을 무기로 쓰는 말이다. 소녀라는 말이 이제는 과분하지만, '마음만은 소녀'라는 말이 틀린 말은 아니다. 앞으로 닥쳐올 상황이 나를 너무나도 작은 소녀로 만들었기 때문이다.

물닭갈비를 다 남긴 채(나는 원래 물닭갈비를 먹을 땐 볶음밥까지 먹어줬던 예의 있는 사람이었다) 식당에서 나와, 민정은 나에게 다시 한번 응급실에 가길 권유했다. 나는 순순히 병원으로 향했지만, 응급실에 들어가려면 코로나 검사를 해야 했고, 서너 시간은 기다려야 한다는 대답만 돌아왔다. 나는 겉으로 봤을 때 응급 환자가 아니었기 때문이다. 일분일초가 아까웠던 나는 여기서 기다릴 바에야 집에서 잠을 자겠다며 그대로 돌아왔다.

그런데 그날 밤, 아랫배를 찌르는 통증이 다시 시작됐
다. 복통의 이유는 알고 있었다. 며칠 전 배가 부어오르고 복
통이 와서 내과에 갔었다. 초음파 사진에 액체가 보이니 산
부인과에 가보라고 했다. 산부인과에선 배란혈인 듯하니 자
연스럽게 흡수되도록 기다리면 된다고 했다. 그 무렵 내과
에서 했던 피검사에서 염증 수치가 높게 나왔는데, 배란혈
이면 염증 수치가 높을 이유가 없었다. 허나 그런 상식은 몰
랐을 때라 흘려넘겼더랬다.

아무래도 통증의 정도가 이전과는 달라 민정에게 전화
를 했고, 우리는 산부인과 치료로 유명한 대형 병원 응급실
로 향했다. 대기실엔 세 살 남짓한 여자아이와 나뿐이었다.
여자아이는 열이 많이 나는지 계속 울어댔고 내 또래 같아
보이는 아빠가 할 수 있는 건 안아주는 일밖에 없었다. 나는
누군가 안아주지도 못하는 어른인데, 그때의 무서운 마음은
세 살 아이와 같았다. 하지만 그곳에서 난 '31세(여)'일 뿐.
간호사가 응급실로 들어오라 호명했고 그때부턴 진짜 혼자
였다. 난 어른이고, 혼자 걷고, 혼자 말할 수 있다는 이유로
보호자가 응급실 내부까지 동행할 수 없었다.

'31세(여)'는 차가운 베드에 눕혀졌고, 산부인과에서
들었던 이야기를 말씀드리니 마침 산부인과 담당 선생님이
계시다며 초음파 검사를 진행하자고 했다. 여자 의사분이

오셔서 조심스럽게 검사를 진행해주셨고, 그는 배에 액체가 가득차 있는데 배란혈이 맞는다면 너무 많은 양이라 복강경 수술로 빼내야 한다고 했다. 간단한 수술이니 내일 오전에 당장 진행하자고 했는데, 다만 염증 수치가 높게 나온 점이 의아하다며 일단 내일 보자고 했다.

그길로 늦은 밤 일인실에 입원 수속을 했다. 입원 결정과 비용 결제는 모두 환자인 나의 몫이었다. 입원실로 올라가서야 민정을 만날 수 있었다. 민정은 세면도구와 속옷 등을 사다주면서, 간단한 수술이니 걱정하지 말라며 위로해줬다. 그러곤 응급실 가라고 계속 얘기하지 않았냐며 따뜻한 잔소리를 남기곤 보호자 베드에서 곤히 잠들었다.

간단한 수술이라도 가족 중 한 명은 알아야 할 것 같아 엄마한테 연락을 할까 말까 수십 번 고민하다 문자를 남겼다. 왜 나이가 들수록 힘들고 슬픈 일을 엄마에겐 숨기고 싶어질까. SNS엔 그렇게 쉽게 올리면서 말이다. 그때 엄마는 구례에 있는 절에서 일하고 있었다. 아빠가 사는 집 근처 절에서 일하다 일터를 막 옮긴 참이었다. 타지에서 적응하느라 정신없는 와중에, 딸이 아프단 소식은 엄마에게 이유 없는 죄책감을 만들어줬다. 엄마는 신경을 못 써서 내가 아프게 된 건 아닌지 걱정하며, 자식이 져야 할 책임까지 자신의 몫으로 떠안았다.

수술 당일, 아침 일찍부터 복강경 수술을 위한 검사가
시작됐다. 초음파, X-ray, 위내시경 등 병원에 있는 온갖 검
사는 다 받는 듯했다. 수술 후 뭘 먹을까 해맑게 고민하던
중, 어제 응급실에서 뵌 의사 선생님이 간호사들과 우르르
병실로 들어섰다. 옆에 있던 민정과의 관계를 물어보더니
가족이 아니면 잠깐 나가달라고 했다. 시트콤에서 공포 영
화로 장르가 바뀌는 느낌이었다. 선생님은 심각한 목소리로
말했다.

의사 아무래도 염증 수치가 높은 게 의심스러워서 여러
    가지 검사를 진행했는데요. 내시경 상태를 보니 배
    에 찬 액체가 위암에 의한 복수일 수 있다고 판단됩
    니다.

오   엥? 암이요?

의사 네, 근데 암에 대한 정확한 판정은 조직 검사를 보내
    놨으니 그때 말씀드릴 수 있을 것 같아요. 그러니 정
    확한 결과가 나올 때까지 복강경 수술은 진행하지
    않는 게 맞는 것 같습니다. 복수라면 괜히 건드렸다
    가 상황이 더 악화될 수 있거든요.

오   아…… 그렇구나…… 그럼 저는 지금 뭘 해야 하나
    요?

<table>
<tr><td>의사</td><td>지금은 할 수 있는 게 없어서 집으로 돌아가셔서 결과 기다리시면 됩니다.</td></tr>
</table>

의사에게 얘기를 들을 땐 그닥 믿기지 않아 담담하게 들었다. 그런데 의료진이 나가고 들어선 민정에게 상황을 전달하려니 입이 떨어지지 않았다. 말로 뱉는 순간 정황이 사실이 될까 무서웠다. 최대한 아무 일 아닌 듯 민정에게 말하곤 집으로 돌아가기 위해 짐을 쌌다. 배는 계속 불러오고 속은 메슥거렸다. 이런 얘길 듣고도 아무것도 할 수 없다는 무력감은 단숨에 나를 어린 소녀로 만들었다. 나도 누가 날 좀 안 아줬으면 했다.

　미친듯이 벌었던 돈도, 가지려고 악썼던 명예도, 무너진 건강 앞에서는 바사삭 가루가 되어 흩날렸다. 환자로 판명된 그 시각부터 난 포스트 슈퍼바이저도, 연출하는 감독도 아닌 그저 '31세(여)'일 뿐이었다.

갑자기, 4기 ②

오효정

위암일 수 있다는 연락을 받은 엄마는 바로 일을 그만두고 한달음에 서울로 올라왔다. 달려온 속도와는 다르게 침착한 표정의 엄마는 의사의 말을 믿지 않는 눈치였다. 조직 검사는 건강 검진만 해도 보내고, 보통은 아무것도 아닌 종양 정도로 그치는 경우가 많으니 걱정하지 말라고 나를 달랬다. 엄마가 나에게 하는 말이었지만 본인에게 하는 말이기도 했다.

결과가 나올 때까지 기다려보자는 말이 무색하게 그날 밤 나는 바로 복통에 시달려 다시 응급실로 향했다. 이번 응급실엔 나뿐이었다. 이번에도 난 어른이고, 걸을 수 있고, 말할 수 있기에 보호자 없이 들어가야 했다. 환자가 없는 응급실은 여유롭고 평화로워 보였다. 그 평화를 깨는 '나'란 환자는 급격하게 작아졌다. 돈을 주고 옷을 사듯 의료 서비스를 받는 것이지만 환자는 늘 '을'이 된다.

나의 건강이 약점이 될 때, 판매대에 내 몸을 올리는 일은 위축될 수밖에 없다. 어제 나를 담당했던 간호사 언니가 또다시 나를 담당하게 되었다. 나를 알아보는 눈치에 내심 안심이 되었다. 그냥 아는 누군가 옆에 있어준다는 사실만으로도 위로가 됐다.

어제와 다른, 나이가 지긋한 남성 의사분이 검사실로 나를 불렀다. 또다시 산부인과 초음파 검사를 진행하자고 했다. 검사 기구가 내 하복부를 자비 없이 휘젓는데 복통이 미친듯이 몰려왔다. 실제로 욕이 나올 것 같았고 선생님께 제발 멈춰달라고 소리치는데도, 그는 무표정한 얼굴로 "소독을 다 해야 나아요~" 하며 나를 병균이 들끓는 환자쯤으로 취급했다. 엉거주춤한 자세로 간호사에게 의지하며 엉금엉금 베드로 기어갔다. 그가 나의 아픔을 공감해주는 듯한 표정으로 괜찮냐고 묻는데 눈물이 날 것 같았다. 차가운 응급실에서 유일한 내 보호자였다. 잠시 후 의사가 어머니를 모셔오라고 했다. 교무실에 끌려온 학부모처럼 엄마는 한껏 굽은 채로 들어섰다. 엄마와 내가 의사를 뚫어지게 보고 있으니 그가 말했다.

의사   이 정도면 위암 3~4기인 거 아시죠? 검사한 거 보니 림프에 복막까지 전이된 것 같은데, 아마 난소까지 도……?

오   아니요. 저흰 그렇게 들은 적은 없구요, 조직 검사 보냈고 그 결과가 나오기 전까진 모르는 거라고 하셨거든요.

의사   (웃으며) 아니 이 정도면 거의 맞아요. 다 보이던데 뭐—.

엄마   아니 그럴 리가 없는데…… 그러면 어떻게…… 지금 뭘 해야 하죠?

의사   결과 나올 때까지 할 수 있는 건 없죠. 결과 나오면 내과 쪽으로 돌려서 치료하시면 됩니다. 일단 집으로 돌아가세요.

엄마의 그런 표정은 처음이었다. 세상이 무너진다면 그런 표정일까. 휘청거리는 다리를 간신히 버티고 있는 게 느껴졌다. 평화롭다못해 간호사들의 담소가 오가던 응급실은 이내 조용해졌다. 그때의 적막함은 잔인하고도 따뜻했다. 눈물이 주체할 수 없이 주룩주룩 나오는데 그 소리가 적막을 깰까 무서웠다. 이내 엄마가 정신을 차리곤, 그럴 리 없다고 다른 병원 가서 검사를 해보자고 했다. 나도 그렇게 생각했다. 이곳은 산부인과 전문 병원이고 암 전문 병원으로 가야겠단 생각만 들었다. 위암 3~4기? 그 진단이 정말 맞는다면 내가 이렇게 멀쩡히 있을 수 있겠는가. 난 구토와 복통, 잿빛 얼굴에 입맛이 없는 것뿐이지 너무 멀쩡했다(멀쩡하지 않은 것들을 나열하면서 멀쩡하다고 믿는 나 자신이었다)! 건강에 대한 오만은 날카로운 칼이 되어 소녀의 등판을 찔렀다.

우린 이대로 집으로 돌아갈 수 없었다. 누가 저런 얘길 듣고 집에서 가만히 기다릴 수 있겠는가? 엄마는 일단 진통제라도 맞으며 병원에 입원해 있자고 했다. 엄마가 나에게 해줄 수 있는 게 아무것도 없다는 사실이, 또 엄마를 무력하게 만들었다. 이번엔 가족 보호자가 있으니 입원실에 대한 상담은 엄마 담당이었다. 후에 들어보니 남아 있는 일인실은 맞은편 방에 임종을 앞둔 분이 계셔서 새벽 내내 사람들이 오갈 것이라고 했단다. 엄만 그 얘기가 너무 무서웠다고 했다. "일인실에 들어가는 순간 다음 차례는 네 딸이야"라고 들렸던 것이다. 불편하더라도 다인실을 선택했고, 엄마와 나는 뜬눈으로 밤을 지새웠다.

그땐 눈물도 나지 않았다. 그저 암 전문 병원의 유능한 의사를 찾아야겠단 일념 하나로 지인들에게 문자를 돌렸다. 믿을 만한 의사 하나 모르는 내 인맥이 원망스러워질 때쯤,

참여하고 있는 프로그램의 감독님이 암 전문 센터의 한 의사를 소개해주며 가보라고 했다. 한시라도 빨리, 지금 있는 병원에서 벗어나 전문 병원으로 가라고. 엄마와 나는 마음이 급해졌다. 병원을 옮기는 일은 엄마와 나 둘 다 처음 맡는 미션이었다. 키오스크와 정신없는 대형 병원의 시스템, 각기 다른 창구에서 떼야 한다는 서류들…… 특히 속세와 단절하고 몇 년을 지낸 엄마에겐 가혹한 과정의 연속이었다. 결국 당장 가능한 것들만 들고 W 암 전문 병원으로 향했다.

당장은 응급실 진료만 가능하다고 하여 응급실로 들어서는 순간 눈앞이 캄캄해졌다. 응급실 내부는 꽉 차 있었고, 복도에는 이십여 개의 간이 베드가 놓여 있었다. 나의 자리는 그중 가장 정신없는 중앙 베드. 불만을 표할 것도 없이 그 자리라도 감사해야 했다. 이때부터 몸이 급속도로 안 좋아져 기억이 잘 안 나지만 최대한 닿는 대로 적어보겠다. 또 다른 병원에 왔다는 건 내가 아픈 걸 또 증명해야 한다는 얘기였다. 다시 검사 '도르마무'가 시작됐고, 여러 검사를 받던 중 쓰러져 복도에 한참 누워 있기까지 했다. 검사를 하려면 공복을 유지해야 하기에 더더욱 체력이 떨어졌다. 환자를 더욱더 환자로 만드는 게 병원이었다. 이때부터 휠체어 신세를 지게 됐다. 불러오는 배 때문에 숨쉬기도 벅차고 이후 몸무게는 급격히 줄어들었다.

남은 검사 하나를 기다리는 동안, 그제야 정신이 들어 천천히 주변을 둘러봤다. 이 병원은 암 전문이기에 응급실도 항암 환자 전문이었다. 이유 모를 항암 부작용으로 급하게 찾아온 이들이 대부분이었다. 더운 여름인데도 대부분 모자를 착용하고 있었고, 수척한 몸으로 이 시간을 버티고 있었다. 그중 내가 가장 어렸고, 난 아직 확진 판정도 받지 않았으니 그들과 다르다고 생각했다.

몇 시간이 지난 후에야 중간 직급으로 보이는 의사가 내려와 내 배를 눌러보더니 교수님이 오셔야 할 것 같다고 했다. 또 한참을 기다렸다. 위암 수술로 유명하다는 외과 교수님과 함께 그 밑의 의사들이 우르르 몰려왔다. 엄청나게 바쁜 듯 앞뒤 인사 없이 속사포처럼 뱉어냈다.

의사 위암 3기? 아니 4기 정도 될 거예요. 이전 병원에서 들으셨죠? 이미 전이가 많이 돼서 수술은 힘들고 종양 내과 쪽으로 돌릴 거예요. 그 교수도 유능하니까 믿고 맡기시면 됩니다.

많은 사람들이 급히 몰려와 큰소리로 다다다다 말을 내뱉으니 '응급실의 주인공은 나야 나!' 수준이었다. 응급실 내 환자들 모두 나를 쳐다보고 있었고 그들은 나에게 같은 눈빛을 보내고 있었다. 동정, 연민, 동질감이랄까. 간호사 중 한 명이 다급히 베드 주변 커튼을 쳐주었고 의사가 그제야 분위기를 인지한 듯 목소리를 낮췄다.

엄마 이전 병원에서 말하길, 조직 검사 결과가 나오기 전까지는 정확하지 않다고 해서 여길 왔어요. 결과가 나오기까지 일주일 걸린다고 했는데, 그게 나와야 위암인지 알 수 있는 거 아닌가요? 여기선 아직 내시경도 안 했거든요.

의사 (웃으며) 이미 검사한 것들만 봐도 우리는 다~ 압니다. 거의 확실합니다.

의료진 (끄덕끄덕)

의사 이 정도면 바로 항암 치료 하셔야 하니…… 더 말할 것도 없이 우리 병원에 입원해서 바로 시작하시면 됩니다. 종양 내과 교수님도 훌륭한 분이니 그분한테 진료받으시면 됩니다.

오 항암 치료 시작하면…… 대머리가 되나요?

의사 (비웃으며) 지금 그게 중요한 것 같아요? 아직 심각한 걸 모르시네…… 쯧, 아무튼 치료 잘 받으시고 그럼 이만.

의료진 (끄덕끄덕) (우르르 몰려 나간다)

엄마는 의사를 쫓아가며 애원했다. "선생님 아닐 수도 있잖아요." 엄마가 듣고 싶은 대답은 정해져 있었지만 의사는 "받아들이셔야 합니다" 라고 말하며 응급실을 떠났다. 다수의 발소리가 멀어지고 응급실은 조용해졌다. 아주 잠깐의 깊은 침묵이 이어졌다. 주변 환자들의 공감 어린 마음이 느껴졌다.

그때 난 대머리가 된 나를 상상하고 있을 뿐이었다. 한 번쯤은 머리를 밀고 싶었기에 왠지 멋질 것 같기도 했다. 적어도 커튼 밑으로 엄마의 발이 보이기 전까진 그랬다.

주춤주춤 커튼에 가까워지는 엄마의 신발을 보는 순간 왈칵 눈물이 쏟아져 나왔다. 그 눈물은 내 인생의 눈물 중 가장 통제할 수 없는 눈물이었다. 눈 옆을 따라 내려가 귓불이 축축해질 만큼 주룩주룩 흘러내렸다. 엄마는 단단한 척하는 목소리로 무너지면 안 된다고, 약해지면 안 된다고 이제부터 무조건 버티는 싸움이라고 했다. 그 얘기가 너무 싫었다. 난 십 년 동안 쉬지 않고 치열한 방송 판에서 미친듯이 버티고 싸워왔는데, 왜 또? 뭘 위해 싸워야 하지? 몰래카메라인가? 꿈인가?

아무것도 아니었다. 그저 현실일 뿐이었다. 내가 무너질까 옆에서 계속 얘기를 건네던 엄마에게 십 분만 떨어져 있자고 했다. 홀로 남아 위암 4기를 검색했다. 4기면 전이 상태가 심각해 육 개월 정도 살 수 있다고 쓰여 있었다. 특히 젊은 여성의 경우 전이 속도가 빠르고, 복수는 없어질 확률이 매우 적으며, 복수가 존재한다는 건 암세포가 계속 활동중이라는 뜻이었다. 위암 4기와 관련된 모든 문장들이 죽음을 향해 있었다.

오케이. 지금부터 생각 정리를 시작한다.

1. 항암 치료는 가족들을 힘들게 하니, 비용이 비싸면 굳이 하지 않겠다.
2. 통장 잔고는 많지 않으나 동생 보증금과 엄마 빚 갚는 데 조금은 보탤 수 있을 것이다.
3. 자취방을 내놓고, 휴대폰 및 각종 비밀번호를 동생에게 공유하자.
4. 프로그램에 대한 인수인계는 어떻게 할지 정리가 필요하다.
5. 육 개월이 있다는 건 사람들에게 인사하고 떠날 시간이 있다는 것, 생전 장례식 준비 가능.

죽음에 대한 준비는 일사천리로 진행됐다. 생각보다 떠나는 자는 할일이 없었다. 떠나면 모든 게 끝이니까. 그러나 죽음을 받아들이는 일은 아예 다른 일이었다. 억울함과 무력감이 나를 휘감았다. 지나온 삼십 년을 아무리 곱씹어봐도 난 열심히 살았다. 중학교, 고등학교 시절부터 드라마 감독을 꿈꾸며 작품을 만들었다. 대학교에 들어가기 위해 서울까지 입시 학원도 열심히 다녔고, 대학교에 들어가서도 휴학하지 않고 꾀부리지 않았으며 연극 동아리까지 성실히 참여했다. 매번 노지에 던져져도 정성 들여 비옥한 땅으로 만들었다. 씨앗을 거쳐 이제 막 새싹을 틔우려는, 방송 십 년 차가 되는 해. 이때 찾아온 소식이 위암 4기라니. 암이라는 거대한 바위에 가로막힌 내 인생, '최고의 무력감'을 선물받은 기분이었다. 아, 아픈 게 무력감을 느끼게 했던 건 아니다.

삶에서 느닷없이 이런 일이 생길 수 있다는 걸 알게 된 게, 날 무력하게 만들었다.

이 글을 읽는 누군가는 위암 4기 판정을 두고 '안타까운 결과'라고 생각할 것이다. 그러나 내가 살아 있는 한, 지금을 '과정'이라 부를 수밖에 없다. 암이라고 날 동정하거나 연민하는 이들 또한 각자의 과정 속에 있을 것이다. 그렇다면 나를 동정할 이는 과연 몇 명이나 되겠는가. 그러니 나는 살아 있어야만 한다. 나는 아직 과정중에 있다.

부처님도 참 너무하시네

지방에 내려갔다가 효정의 어머니가 일하시는 절에 효정과 함께 들른 적이 있다. 지리산에서도 깊은 산기슭에 있는 절이었는데, 산세가 한눈에 내려다보이는 아름다운 곳이었다. 어머니는 멀리서도 단번에 알아볼 수 있었다. 효정은 어머니의 서구적인 이목구비를 쏙 빼닮았다. 양손 무겁게 피자를 들고 찾아온 딸을 보고 어머니는 기쁜 마음을 감추지 못하셨다. 어머니에게 효정은, 그 힘들다는 방송 판에서 잘나가는 피디이자 일 년에 몇 번 볼까 말까 한 귀한 손님이면서 자신을 쏙 닮은 자랑스러운 딸이었다.

아니나 다를까, 효정이 오자마자 어머니는 온 사찰을 돌아다니며 딸을 소개시키기에 바쁘셨다. 경상도에서 태어난 어머니는 본래 무뚝뚝한 성격이신 듯했지만, 그 무뚝뚝

함을 뚫고 나오는 딸에 대한 무한한 애정이 절을 감쌌다. 어머니의 행복한 모습에 효정의 얼굴에도 뿌듯한 미소가 번졌다. 연못을 지나 다리를 건너며 이야기꽃을 피우고, 우리 셋은 불상 앞에 나란히 앉았다. 그때 나는 종교가 없었지만, 효정을 따라서 절을 하고 기도를 올렸다. 때마침 창문으로 기분 좋은 바람이 불어왔고, 고즈넉한 사찰의 분위기에 마음이 경건해졌다. 평온한 얼굴의 부처님 앞에서 나는 소원을 빌었다. 이 고요하고 따뜻한 순간이 오래오래 가게 해달라고. 딸을 보며 환히 웃는 어머니와, 그런 어머니를 바라보며 내심 뿌듯해하는 효정을 보며 이 행복이 계속되기를 바랐다.

그리고 한 달 뒤, 효정이 위암 판정을 받았다. 그것도 4기로 발견되었다.

내가 가장 먼저 느꼈던 감정은 배신감이었다. 부처님에 대한 배신감. 절에 간 시간이 원망스러워졌다. 너무나 경건하게 기도를 드리던 효정의 모습이 떠올라서 더 화가 났다. '이렇게나 열심히 살아온, 선하고 젊은, 심지어 때마다 절에 찾아가 기도도 올린 효정에게 왜 이런 시련을? 심지어 4기라니? 도대체 왜?' 분노가 치밀었다. 주변에서 내 나이 또래에 암에 걸린 사람은 못 봤기에, 위암 4기는 정말 드라마에나 나올 법한 소재라고 생각했다. 그런 큰 시련을 받아들이

기엔, 우리는 너무나 푸르른 계절에 서 있었다. 어느 누가 서른한 살에 위암에 걸린다고 상상이나 하겠는가? 갖은 고생 끝에 이제 막 화려하게 데뷔하려는 때에 갑자기 일을 못하게 된다면? 또한 인생에서 가장 잘 통한다고 믿었던 사람이 갑자기 사라진다면?

한낮에 악몽을 꾸는 기분이었고, 깨어나서 지독한 꿈이었다고 말하고 싶었다. 하지만 자신이 위암 4기라는 말과 일이 이렇게 돼서 미안하다는 말을 끝으로 효정에게는 아무 연락이 없었다. 효정이 걱정됐다. 다행히 어머니의 연락처를 미리 받아놨기에 어머니에게 연락을 드렸다. 몇 번의 통화 연결음 후에 어머니가 떨리는 목소리로 전화를 받으셨다. 딸이 암 판정을 받은 직후였으니 어머니 또한 정신이 있을 리 없었다. 상황을 들어보니 병동에 자리가 나지 않아 응급실에서 효정과 어머니가 무한 대기중이었고, 응급실에는 보호자 베드도 없어서 복도에서 새우잠을 주무신다고 했다. 어머니가 절에서 올라오신 직후에 벌어진 일들이었다. 제가 갈 테니 집에 잠시 다녀오시라고 했다. 그리고 효정이 좋아하는 메밀국수를 사 들고 병원으로 향했다.

부랴부랴 병원에 도착해 응급실 문 앞에 섰을 때, 투명한 유리문 너머에 누워 있는 효정의 모습이 너무 낯설었다. 암환자들로 꽉 찬 응급실 안에서 효정이 제일 어려 보였다.

그중 머리가 제일 길었고, 심지어 염색도 했는데 효정이 암이라니 믿기지 않았다. 한동안 응급실 바깥에 우두커니 서 있었다. 효정이 나를 발견했다. 효정은 복수 때문에 부풀어 오른 배를 부여잡고, 힘겹게 몸을 일으켜 나왔다. 허리를 펴고 걷기도 힘들었기에, 효정은 그사이 할머니가 되어 있었다.

효정을 부축해 병원 밖으로 나와 메밀국수를 먹였다. 효정은 국수 한 젓가락을 힘겹게 먹더니, 이내 울음을 터뜨렸다. 그 모든 게 받아들이기 힘들었을 것이다. 며칠 전만 해도 대형 프로젝트의 연출이자 포스트 슈퍼바이저였던 자신이 순식간에 환자가 된 것도, 어머니에게 환자가 된 자신을 보여주는 것도, 나와 이렇게 병원에서 마주앉아 있는 것도. 불행은 정면에서 오는 게 아니라 뒤통수에 내리꽂힌다더니, 그것도 너무 4기로 발견됐다.

그때까지 건강 검진을 전혀 안 한 건가 싶겠지만, 효정인 프리랜서임에도 일이 년에 한 번씩 백만원 이상의 비용을 내고 꾸준히 건강 검진을 받아왔다. 암으로 확진받기 불과 일 년 전에 했던 위내시경에서는 위염을 진단받았었다. 효정이 걸린 위암-보만 4형은 암이 돌출된 형태가 아닌 위벽을 따라 파종처럼 뿌려지는 형태로 진행되어 위가 붓는 형상으로 발현되기 때문에 위염으로 오진되는 경우가 종종 있으며, 특히 보만 4형 위암은 이삼십대 젊은 여성들에게 많이 나타나고 있다고 한다. 만성 위염이야 직장인이라면 스트레스 때문에 모두에게 있는 수준이고, 그 외에 특별한 증상이 없었으니 효정은 암이라고는 상상도 못했던 것이다.

병원의 상황이 충격에 휩싸인 효정을 더 힘들게 했다. 당시 그 병원은 파업 때문에 정신이 없었고, 효정은 암 확진을 받고도 거의 마흔여덟 시간째 응급실에서 병동의 자리가 나길 기다리고 있었다. 기다린다기보다는 방치된 느낌이었다. 언제 병동에 자리가 나서 올라갈 수 있을지도 알 수 없었다. 응급실에는 여러 개의 베드가 한 공간에 펼쳐져 있었는데, 어린 효정은 그곳에서 단연 눈에 띄었고 모두의 동정 어린 시선을 한눈에 받았다. 응급실인 만큼 하루종일 아프다고 소리 지르는 사람도 있었고, 그런 절규쯤은 익숙한 듯한 사람들의 무관심한 태도는 더욱 절망적이었다. 그 모든 것을 바라보며 효정은 실시간으로 암흑으로 빨려 들어가고 있었다. 그 공간에 효정을 계속 방치해둘 순 없었다.

당시 우리는 암에 대한 지식이 거의 없었고, 그래서 마음이 더 조급했다. 당장 치료받지 않으면 효정의 몸 안에 있는 암세포가 순식간에 모든 장기로 퍼져나갈 것만 같았다. 특히 젊은 사람일수록 세포 분열이 빨라서 암세포가 빨리 퍼질 수 있다는 말에, 할 수 있는 한 모든 인맥을 동원해 조언을 구했다. 일단 4기면 수술은 힘들고 항암 치료를 해야 하는

데, 신약에 대한 임상 데이터는 소위 빅 5 병원에 많다는 말에 당장 내일 A 병원의 외래 진료를 잡았다. 응급실로 들어가면 또 각종 검사를 받고 불필요한 대기를 해야 하니 오히려 외래에서 바로 진료를 보는 게 제일 빠르고 정확한 방법이라고 했다.

CT 촬영을 포함해 이미 검사 결과는 다 가지고 있기에, 그걸 받아서 외래로 가면 굳이 또 검사를 할 필요는 없었다. W 병원 응급실에서 이미 지칠 대로 지친 효정은 A 병원 외래로 가보자는 말에 동의했고, W 병원은 효정이 전원 의사를 밝히고 나서야 의사가 내려와 병동에 자리가 났다며 바로 항암 치료를 하자고 권했다.

그제야 의사가 와서 치료를 권하는 것도 황당했지만, 당장 케모포트*를 심는 시술을 받고 항암을 하자는 말이 효정을 더 두렵게 했다. 효정은 태어나서 한 번도 몸에 칼을 대본 적이 없었고, 각종 검사로 이미 기진맥진한 상태라 당장의 항암 치료를 버텨낼 체력도 없었다. 그리고 무엇보다 자신을 치료해야 할 환자가 아닌, 희소한 임상 데이터 자원(젊은 여성 암환자)으로 보는 듯한 태도가 싫다고 했다. 우리는 미련 없이 그 병원을 나왔다.

• 정맥을 통한 약물 주입을 위해 체내에 삽입하는 관.

　다음날, 효정과 나 그리고 어머니는 손을 꼭 잡고 A 병원으로 향했다. 우리는 그렇게 운명 공동체처럼 한배를 타게 되었다.

언젠가를 위한 조언

위암의 기수는 암의 진행 정도에 따라 달라진다. 암이 위의 점막하층 이하로 진행된 경우 1기, 암이 근육층 이상으로 깊거나 임파선까지 전이된 경우 2~3기, 위를 넘어 다른 장기까지 전이되었을 경우 4기로 분류된다. 초기에 발견되면 암을 제거하는 외과적 수술을 시행하지만, 이미 전이가 많이 된 상태(3, 4기)라면 수술한다 해도 암이 재발할 위험이 높다. 그래서 항암 치료를 통해 암세포를 사멸시키는 방식을 택한다.

위암 항암 치료의 경우 대부분의 병원에서 공통적인 표준 치료법을 시행한다. 보편적으로 쓰는 1차, 2차, 3차 약제가 정해져 있어 그 순서대로 약을 쓴다. 단, 1차 약제가 내성이 올 경우 2차 혹은 3차 약제로 넘어가는데 약을 바꾸는 시기는 의사의 판단에 따라 달라진다. 또한 항암 약을 얼마나 투여할지, 어느 정도의 기간을 두고 투여할지 역시 환자의 상태에 따라 의사가 판단하여 처방한다.

항암 약이 아주 잘 들어서 암세포가 사라질 경우 완전 관해(더이상 암세포가 존재하지 않는 것으로 판단됨) 판정을 받거나, 외과적 수술 치료 단계로 넘어가기도 한다. 외과적 수술은 원발암인 위와 주변 조직을 완전 절제하거나 부분 절제하는 수술로 시행되는데, 4기의 경우 수술을 하는 것만으로도 기적이라고 표현한다(수술 후 완치의 가능성이 높아지므로). 다만 수술을 받고도 예방적으로 항암 치료를 몇 차례 더 시행하며, 수술 단면이나 다른 장기에 눈에 보이지 않을 정도의 암세포가 잔존해 있을 경우 재발하기도 한다.

사실 항암 치료는 병원마다 방식이 크게 다르지 않다. 하지만 항암 치료 단계에서 표준 항암 치료제가 잘 듣지 않을 경우 아직 시판되지 않은 임상약 실험에 참여할 수도 있는데, 환자의 적합도에 따라 참여 가능 여부는 달라진다. 병원이 클 경우 임상 실험이 더 많아서 참여의 기회가 확대되는 것도 맞지만, 진료시 대기가 길고 절차가 복잡하다는 단점이 있다. 그래서 표준 항암 치료의 경우 자택에서 가까운 병원을 선택해 치료하는 경우도 꽤 있다. 개인의 상태나 선호도에 따라 병원을 선택하길 권한다.

다들 일도 하고, 멀쩡하게 다닌다고?

구민정

A 병원의 암센터 주차장에 들어섰을 때, 나는 마치 대형 쇼핑몰 주차장에 들어온 듯한 인상을 받았다. 일단 차가 너무 많았다. 지하 육층까지 끝도 없이 내려가야만 겨우 주차를 할 수 있었다. '모든 진료과가 있는 종합 병원도 아니고, 암 전문 센터인데 왜 이렇게 차가 많지?' 생각하며 로비에 들어섰는데, 오 마이 갓! 사람이 진짜 많았다. 모든 층마다 사람이 꽉꽉 들어차 있었다. 갑상선부터 위, 간, 대장, 폐, 자궁 등 장기별로 층이 나뉘어 있었고, 모든 창구가 밀려오는 환자들로 정신없어 보였다. 진열된 상품만 없을 뿐이지, 그곳은 온갖 종류의 암에 관한 치료 서비스를 제공하는 대형 쇼핑몰과 다를 바 없었다.

암은 드라마에서나 나올 법한 이야기가 아니었다. 현

실엔 암환자가 정말 너.무.나 많았다. 실제로 우리나라의 암 발병률은 최근 다섯 배가량 치솟았다고 한다. 특히 '젊은 암환자'는 전 세계적으로 급증하고 있는데, 한 연구에 따르면, 지난 삼십 년간 오십 세 미만 사람들에서 연간 신규 암환자가 79퍼센트나 증가했다고 한다.● 그중에서도 대한민국의 이십대 환자의 암 발병률은 지난 오 년간 26퍼센트 증가했다.●●

아무도 믿고 싶어하지 않지만, 대한민국엔 정말 암환자가 흔하다. 그러고 보니, 우리 외할아버지도 위암이셨고 이모도 대장암이었으며 직장 선배도 갑상선암이었다. 내가 암에 관한 이야기를 하면, '사실 나도…… 우리 엄마도…… 우리 아빠도……' 하면서 '암밍아웃'을 하는 사람도 많았다. 우리가 기대 수명(약 팔십 세)까지 산다고 가정할 때, 세 명 중 한 명이 암에 걸릴 만큼 발병률이 크게 증가했다.●●●

이쯤 되면 나도 언젠간 높은 확률로 암에 걸릴 수 있다

● 영국 에든버러대학교 리쉐 교수팀은 1990~2019년 204개 국가 및 지역에서 29가지 암에 대해 실시한 '세계 질병 부담' 연구 데이터를 분석한 결과, 지난 삼십 년간 오십 세 미만의 연간 신규 암환자가 79퍼센트 증가한 것으로 나타났다고 보고했다.("오십 세 미만 암 급증… '세계 연간 신규 암환자 삼십 년 새 79퍼센트 증가'", 세계일보, 2023.9.6.)

●● 건강보험심사평가원 통계 자료실 『생활 속 질병·진료 행위 통계』(2023) 참고.

●●● 국가암정보센터 '암 발생률' 참고.

는 현실적인 결론에 도달하게 된다. 효정이 아주 아주 운이 나빠서 정말 특이하게 젊은 나이에 암환자가 된 게 아니란 이야기이다. 실제로 우리 몸에서는 매일매일 돌연변이 세포가 만들어지고 있다고 한다. 정상적인 몸 상태일 경우 면역 세포가 돌연변이 세포를 공격하여 청소하지만, 몸의 면역력이 떨어졌을 땐 돌연변이 세포가 면역 세포를 이겨 끝내 암으로 발현되는 것이다. 현대인의 몸에서는 누구나 돌연변이 세포가 형성되지만, 결국 그것이 암으로 발현될지는 운에 달려 있다.

A 병원은 환자가 워낙 많아서 예약된 시간에 가도 진료 전 채혈 대기에만 세 시간이 소요됐다. 그사이에 환자가 편히 머물 수 있는 공간은 없다. 물론 대기 의자가 있지만 사람들로 대부분 꽉 차 있고, 팔걸이 때문에 누워 있을 수도 없다. 배에 가득 복수를 끌어안고 몸조차 가누기 힘들었던 효정은 하는 수 없이 차에서 대기하거나 휠체어에 의지해 있었다.

그런데 이상한 점이 있었다. 이곳에서 효정만 휠체어에 쓰러져 있을 뿐, 다른 환자들은 너무나 멀쩡히 걸어다녔다. 효정의 걱정과는 달리 대머리인 분도 많지 않았고(당시 나는 암에 걸리는 순간 탈모가 오는 줄 알았으나, 탈모는 일부 항암 약의 부작용으로 나타나는 증상이다), 탈모로 인해 두건을 쓴 분들도 아무렇지 않게 보호자와 담소를 나누거나,

휴대폰을 보며 진료를 기다리고 있었다. 효정은 이전 병원에서 제일 건강해 보였지만, 여기서는 제일 아파 보였다.

오랜 대기 끝에 드디어 의사 교수님을 만났다. 효정을 본 그가 처음으로 건넨 말은 "왜 이렇게 아픈 것처럼 그러세요? 다들 일도 하고 멀쩡하게 다녀요"였다. 위암 4기 환자에게 왜 이렇게 아픈 것처럼 구냐니. 효정은 시원하게 욕 한마디 내뱉고픈 표정이었으나, 그럴 기력이 없었다. 의사는 대수롭지 않게 치료 계획을 설명했다.

1. 위암뿐 아니라 복막 전이 확인되어 수술 불가함. 항암 치료 시작해야 함.
2. 고식적 항암 치료로, 완치보다는 삶의 질을 높이고 생명을 연장하는 데 목적이 있음.
3. 앞으로 삼 주 단위로 항암을 할 것이며 수많은 부작용이 있을 수 있음. 삼 개월마다 CT 촬영을 하며 경과를 지켜볼 예정.

서른한 살 환자에게 '생명 연장'과 같은 표현을 아무렇지 않게 내뱉다니. 효정은 의사가 얄미웠지만, 오히려 암을 별일 아닌 듯 대하는 그의 태도에 조금은 안심했다. 심지어 그에게는 계획이 있어 보였으니까. 효정은 꼭 다음에는 멀쩡하게 걸어 들어와서 저 얄미운 교수를 놀래켜주리라고 다짐했다.

이 순간부터 효정의 삶에서 우선순위 일위는 건강이 되었다. 항암 치료를 잘 받아서 가능한 한 길게 생명을 연장하고 완치로 나아가는 게 가장 중요한 목표가 되었다. 그건 나도 마찬가지였다. 일단 살고 봐야 그다음이 있는 거니까. 우린 앞으로 함께하기로 한 일들이 차고 넘치게 많았다. 해외여행도 가야 하고, 함께 드라마도 찍어야 하고, 영화도 만들어야 하고, 당장 겨울 캠핑도 가야 한다! 그리고 해외 시상식도 가야지!

그 모든 일에 효정이 없다면, 삶이 너무 재미없어질 것같았다. 아니, 공허할 것 같았다. 어떻게든 효정을 살려야겠다고 마음먹었다.

진료실을 나오며 효정은 엄마에게 말했다.

오   근데…… 나 살 수 있을 것 같은데?

효정이 절벽 끝에서 다시 생을 바라보던 순간이었다.

이제부턴 체력전, 그리고 팀워크!

구민정

암과의 싸움은 첫째도 체력, 둘째도 체력이다. 특히 몸에 매우 독한 약을 투여해 암세포를 파괴하는 항암 치료는 그걸 버텨내는 것 자체가 굉장히 힘들기에 체력이 필수다. 몸무게가 너무 많이 빠지면 항암 치료를 받기가 힘들다. 몸이 독약을 감당할 수 없기 때문이다. 그래서 항암 치료를 할 때에는 정말 잘 먹고, 잘 자고, 잘 쉬고, 잘 걸어야 한다.

　암 확진을 받기 전 효정의 몸무게는 42킬로그램이었다. 그런데 약 일주일간 각종 검사에 시달리며 37킬로그램까지 내려갔다. 효정의 키가 163센티미터인 걸 감안하면, 정말 뼈밖에 남지 않은 상태였다. 항암 치료를 받기 위해서는 일단 몸무게부터 다시 늘려야 했다. 효정이 암 확진을 받은 후, 효정의 어머니는 일을 완전히 그만두셨다. 그리고 효정 곁에서 효정을 지극 정성으로 보살피셨다. 매일 새벽같이 일어나 삼시 세끼 밥을 챙기는 것은 물론, 효정이 먹고 싶다는 것은 무엇이든 해주셨다. 식탁에는 늘 삶은 계란과 고구마가 있었고, 위에 좋다는 양배추도 끼니마다 올라왔다.

효정은 삼십 년 만에 다시 엄마의 보살핌을 받는 아기로 돌아가 따뜻한 밥을 실컷 먹고, 자고 싶은 만큼 실컷 잤다. 그러다 심심하면 닌텐도 게임 〈동물의 숲〉으로 출근하여 열심히 돈(가상의 머니)을 벌었다. 그래야 일을 한 것 같다나 뭐라나…… 일하는 기분을 왜 느끼고 싶은지 모르겠으나, 덕분에 게임 속 효정의 섬에는 울창하고 풍요로운 마을이 만들어졌다. 어머니의 극진한 보살핌으로 효정의 안색은 날이 갈수록 좋아졌다. 늘 라면과 배달 음식만 먹다가 어머니가 매 끼니마다 새로 지어준 밥을 먹으니 얼굴에서는 점차 빛이 났다. 효정은 조금씩 몸무게를 회복했고, 일주일 만에 가까스로 39킬로그램을 넘기며 항암 치료를 시작할 수 있게 되었다.

사실 효정이 항암 치료보다 더 두려워했던 건 몸에 케모포트를 심는 일이었다. 케모포트는 약물 주입을 위해 체내에 삽입하는 관으로, 심장 근처의 큰 정맥에 놓인 카테터와 연결된다. 국소 마취 후 가슴 위쪽으로 케모포트를 삽입하며, 시술 시간은 보통 삼십 분 정도 걸린다. 케모포트를 시술

하지 않으면 항암 치료를 받을 때마다 팔에 주삿바늘을 꽂아서 약물을 주입해야 하는데, 약이 워낙 독해서 말초신경에 무리가 갈 수 있을뿐더러 혈관이 터질 위험도 있기에 케모포트를 통하는 게 안전하다고 한다.

지금껏 살아오면서 단 한 번의 수술 경험도 없던 효정은, 케모포트가 비교적 간단한 시술임에도 무서워했다. 엄마 앞이라 의연한 척했을 뿐, 효정인 사실 정말 겁이 많은 아이였다. 아무리 곁에서 챙겨줘도 결국 치료를 온몸으로 감당해야 하는 건 자신이었으므로, 효정은 그때부터 많은 용기가 필요했을 것이다. 그건 정말 시작일 뿐이었지만.

케모포트 시술을 위해 혼자 금속 재질의 차가운 베드에 누워 있을 때, 효정은 마치 마트에서 난도질당하길 기다리는 생물 고등어가 된 것 같았다고 했다. 비록 커튼이 쳐져 있긴 했지만 약 삼십여 분간 상의(시술 부위)가 노출된 채 의사를 기다리는 시간 자체가 힘들었던 것 같다. 얼굴은 천으로 덮여 앞이 보이지 않았고, 누군가 지나갈 때마다 움찔하며 가슴을 손으로 가리고 싶었지만 손발이 묶여 아무것도 하지 못했다. 의사의 처치를 기다리는 무기력한 '31세(여)' 환자가 된 느낌. 일에서든 자신의 삶에서든 온전히 주도권을 갖고 살아온 효정이, 그 주도권을 타인에게 넘긴 채 생명을 의지하는 상황은 낯설었을 것이다.

막상 시술은 금방 끝났고, 너무 걱정을 했던 탓인지 예상보다 고통은 적었다고 했다. 그렇게 항암을 위한 모든 준비를 마친 후, 효정은 드디어 1차 항암 치료를 받았다. 1차 치료제로 '옥살리플라틴＋옵디보＋젤로다'를 썼는데, 옥살리플라틴과 옵디보는 삼 주에 한 번 병원에 방문하여 케모포트를 통해 약물 주사로 맞고, 젤로다는 이 주간 경구약으로 복용했다. 그러니까 삼 주 텀으로, 이 주 동안 항암 치료를 하고 일주일 정도 쉬면 또 다음 항암 치료가 돌아오는 스케줄이었다.

약이 얼마나 효과가 있을지는 환자에 따라 천차만별인데, 부작용 또한 마찬가지다. 항암 치료를 받으면 보통 구토, 복통, 설사는 기본이고, 고열과 발진, 근육통, 구내염 등에 시달리기도 한다. 특히 옥살리플라틴은 DNA에 결합해 암세포의 성장을 차단하고 사멸하는 역할을 하는데, 효과는 탁월하지만 독성과 내성 또한 만만치 않다. 신경에 독성을 끼쳐 부작용으로 신경병증이 나타나는 경우가 많은데, 때문에 손끝이 저릿하고 얼얼해져서 찬물이 담긴 물잔이나 포크조차 제대로 잡기 힘들어진다.

약 네 시간에 걸쳐 '옥살리＋옵디보' 주사를 맞은 효정은, 집으로 돌아오는 택시에서 내리자마자 구토를 했다. 항암을 하고 온 날은 심한 복통과 구역감에 뭘 제대로 먹지 못했고, 다음날이 되어서야 어머니가 묽게 끓인 수프를 간신히 떠먹었다. 그리고 그다음 날에야 겨우 미역국 국물을 떠먹을 정도가 되었다. 첫 항암 후, 삼 일간 효정에게 별 연락이 없었다. 걱정돼서 문자를 보냈더니, 새벽녘에 "너무 아파"라는 짧은 답이 돌아왔다. 웬만해서는 아픈 티도 내지 않는 효정이 너무 아프다고 할 정도면 진짜 괴로운 것이었다.

우리나라에서 암환자와 보호자가 가장 많이 모인 인터넷 카페 〈아름다운 동행〉에 가입해서 항암 후기를 찾아보니, 혼자 소주 다섯 병을 먹은 다음날 숙취와 구역감이 깨지 않고 계속되는 느낌이라고 했다. 그렇다면 찬물이라도 들이붓고 빨리 숙취에서 벗어나고 싶을 텐데, 신경증적 부작용 때문에 찬 음식을 먹을 수도 없다.

이러지도 저러지도 못한 채 끙끙 앓다가 사 일 차에야 효정은 겨우 침대 밖으로 걸어나왔다. 항암 치료로 그렇게 삼 일 정도를 굶다시피 하면, 몸무게는 어김없이 2킬로그램이 빠져 있었다. 앞으로 수없이 남은 항암 치료를 견디려면 몸무게를 늘리고, 체력을 길러야 했다.

이제 내가 등판할 때였다. 어머니가 삼시 세끼 건강식으로 기본적인 영양 보충을 책임졌다면, 나는 그 외에 효정을 살찌울 만한 과일이나 디저트를 담당했다. 일단 날것 빼고 가리지 말고 다 먹으라는 의사 선생님 말씀에 우리는 몸무게를 늘리는 데 집중했다. 효정은 다행히 늘 먹고 싶은 게 있었기에, 나는 제철 과일과 생크림케이크, 버터쿠키 등을 그때그때 사 갔다. 그리고 효정을 집에서 끄집어내 운동을 시키는 것도 나의 몫이었다. 당시 근육이 빠질 대로 빠진 효정은 계단을 오르내리는 것조차 힘들어했다. 어느 날은 오 분 거리의 동네 마트에 가서 아이스크림을 사 먹었는데, 마트에서 나오자마자 효정의 체력이 급격하게 떨어지는 바람에 나에게 매달려서 겨우 집에 오기도 했다. 그날 우리는 이런 대화를 나눴다.

오   불과 이삼 주 전까지만 해도 '내가 일을 잘하고 있나? 이 CG컷은 잘 나올까? 돈은 얼마나 더 벌어야 하지? 이거 끝나면 뭐 해야 하지?' 그런 일에 대한 고민이 내 인생의 90퍼센트였는데, 지금은 나 자신에 대한 고민을 그렇게 하고 있잖아. 복수가 잘 나올까, 뭘 먹어야 안 아플까 그런 거. 근데 그게 맞는 것 같거든? 인생에서 나에 대한 고민을 80퍼센트는 해야 하는데, 남의 일로 막 90퍼센트씩 쓰고 있었던 게 너무 반성돼. 그래서 낫는다는 가정하에, 지금이 이런 일을 겪기에 적당한 시기인 것 같아.

구   그럼 다 낫는다면 다시 하고 싶은 게 있어?

오   나를 돌보는 거. 당분간은. 일을 이렇게 많이 하진
      않을 거야. 뭘 야망 있게 하고 그런 게 먼저는 아닌
      것 같아. 지금은 내 건강이 더 우선이야. 좋은 차, 좋
      은 옷 이런 게 건강이 안 좋으면 아무 의미가 없단
      걸 절실히 깨달았지.

구   ……갑자기 어른이 됐네?

오   평범하게 사는 게 최고인 것 같아. 그 고마움을 평범
      하지 않기 전까진 모르지. 그러니까 감사하라고, 본
      인의 삶에 대해서. 일할 수 있음에 감사하고. 그리고
      암 보험 들어, 진심이야.

(나는 그날 암 보험을 들었다.)

그날 이후, 효정은 늘 돌아올 체력을 계산하며 움직였다. 자
신의 몸 상태를 기민하게 파악하고, 무리해서 운동하지 않
았다. 집 안에서, 계단에서, 골목에서 꾸준히 걸었고 그러자
다리에도 조금씩 근육이 붙었다. 그렇게 경구약 젤로다까지
모두 복용한 항암 이 주 차가 되던 날, 신기하게도 효정의 복
강에 가득차 있던 복수가 거의 빠졌다. 다행히 항암 치료의
효과가 있었다. 물론 부작용도 없진 않았다. 효정의 부작용
은 구토와 복통, 설사, 신경증적 부작용(저릿한 손발)으로,
다행히 아주 심한 케이스는 아니었다(효정이 걱정한 탈모

도 거의 오지 않았다).

　아무런 항암 치료도 받지 않는 삼 주 차는 효정의 자유 시간이었다. 그 일주일 동안 효정은 시원한 음료와 먹고픈 음식을 마음껏 즐기며 자유를 누렸고 보고픈 친구들도 만났다. 그러면 다시 몸무게가 2~3킬로그램은 늘어 있었다. 물론 항암 치료를 받으면 바로 또 그만큼 빠져버렸지만.

　하루 과식 하면 2킬로그램은 금방 늘어나는 나에겐 살찌는 게 이다지도 어려운 일인가 싶었지만, 위암 환자에겐 정말 피나는 노력이 필요한 일이었다. 입맛도 별로 없는 와중에 밥을 넘길 때마다 올라오는 구역감을 참아야 하고, 그러다보면 밥 한 공기 다 비우기가 쉽지 않은데, 옆에서 그래도 먹어야 한다는 소리를 들으면 더 먹기가 싫어진다. 어느 날 효정은 식탁 앞에서 밥 먹기 싫다고 엉엉 울기도 했다. 그러면 어머니도 더는 권할 수 없었지만, 효정이 좋아하는 반찬을 더 해주는 식으로 효정을 북돋웠다. 그렇게 효정은 조금씩 식사량을 늘려서 몸무게를 회복하고, 항암 치료도 잘 견뎌냈다.

　2차 항암 치료까지 마치고 CT 촬영을 했을 때 의사는 기적적인 일이 벌어졌다고 했다. 암세포가 많이 사라졌고, 복수도 확실히 말랐다고 했다. 이삼십대 젊은 환자 중에 항암 치료로 복수가 마르는 경우는 거의 없으며, 약이 잘 받아

서 이렇게 암세포가 급격하게 줄어드는 것도 천운이라고 했
다. 이 이야기를 들은 효정의 아버지는 하늘을 나는 것 같다
고 했고, 효정과 어머니의 얼굴에도 희망이 비쳤다. 나는 안
도했다. "더도 말고, 덜도 말고 이대로만 쭉 가자!"고 외쳤다.
효정은 이후 열 번이 넘는 항암 치료를 꿋꿋하게 이어갔다.

　　무더운 여름이 지나 겨울이 올 때까지 항암 치료는 삼
주 단위로 계속되었다. 효정은 그사이 허리까지 오던 긴 머
리를 단발로 잘랐고, 몸무게는 40~41킬로그램을 유지했으
며, 항암 치료와 함께 부작용도 차츰 심해졌지만, 의연하게
그 시간을 지나왔다. 조금씩 더 잘 먹고, 잘 걷고, 다시 목소
리에 힘이 생기는 효정을 보며 어머니도 나도 덩달아 힘이
났다. 나는 하숙생처럼 거의 매일 저녁 효정의 집에 과일을
들고 찾아가 함께 저녁을 먹었다. 어느덧 어머니-나-효정
사이엔 단단한 유대감이 생겼다.

　　항암 치료는 보호자에게도 만만치 않은 일이다. 누군가
를 돌보는 일에는 에너지가 많이 드니까. 게다가 눈앞의 환
자를 돌보느라 정작 자신은 챙길 겨를도 없다. 때문에 암환
자를 간병하다 보호자가 암에 걸리는 사례도 있다. 그래서
암 투병 과정에는 팀워크가 필요하다. 서로에게 신뢰가 쌓
이면 심리적인 부담감을 나눌 수 있고, 보호자도 숨쉴 틈이
생긴다. 다행히 우리는 셋 다 합이 잘 맞아 탄탄한 팀워크가

생겼다.

어느 겨울날엔 셋이 함께 잠실까지 〈태양의 서커스〉를 보러 갔다. 여름에 효정이 갑자기 보고 싶다고 해서 얼리버드로 예매해둔 것이었다. 그땐 과연 우리가 갈 수 있을지 확신이 없었는데, 결국 함께 서커스를 보러 가는 날이 왔다! 효정과 나는 한껏 들떴고, 어머니도 오가는 내내 웃으셨다. 효정은 신이 날 때마다 즉흥적으로 춤을 췄고, 어머니는 그런 효정이 뻣뻣하다고 놀렸다. 기념품을 사고 츄러스도 먹으며 공연을 즐겼다. 서커스도 환상적이었지만, 이렇게까지 효정이 호전되어 함께 공연을 보러 온 게 더 환상적인 일이었다.

돌아오는 길, 환한 달이 길을 비추고 있었다.

더도 말고, 덜도 말고 오늘만 같아라.

아마 그날 우리 셋은 모두 같은 소원을 빌었을 것이다.

치열한 여름은 지나가고

오효정

항암 치료 삼 개월 차. 이제 항암 주사 맞은 주간 말고는 살 만하다.

물론 항암 주사 맞고 오 일 동안은 먹토의 반복과 손발 끝 저림(차가운 포크도 못 만짐), 블랙홀로 몸이 빠져 들어가는 느낌 등등 부작용 포춘 쿠키가 까도 까도 계속 나온다.

이번 CT 결과가 좋아 방심했는데, 종아리가 마비되며 이틀을 갓 태어난 송아지처럼 걸었다. 기관지에 상처가 났는지 목소리도 쉬고, 허리도 삐끗해 한참을 누워 있었다(모든 게 부작용 파워).

정신을 딴 데 팔려고 인스타나 유튜브나 뭐든 보는데 그러고 나면 한참이 또 슬프다. 내가 해왔던 일상이 꿈이 됐고, 사진 속 사람들은 너무 행복해 보인다. 나도 복수 안 차서 행복하고 구토 안 해서 행복한데! 그 행복이 우울로 바뀌어 가끔 나를 땅속까지 누른다. 환자라는 틀 안에 가둬버리는 말들이 나를 땅속까지 누른다. 뭐 이리 서글픈 게 많은지. 참 유치해진다.

그럼에도 불구하고, 치열한 여름은 지나가고 나한테도 선선한 바람이 불어오는 것 같다. 4기면 삼 개월 본다는데 일단 9월까지 살다니 참 다행! 이 정도면 선선한 삶이지, 뭐.

예상치 못한 위로는 꽤 슬프다

항암 치료 4개월차. 아픔도 많이 가라앉고 내 몸이 건강해지는 것 같던 어느 날, 오랜만에 울었다. 환자의 생활이 점점 길어지니 위로의 말에도, 쏟아지는 걱정에도 무뎌졌었다.

그런데 어느 날, 툭― 누군가의 용기 있는 연락이 좋은 의미로 마음을 무너뜨렸다. 긴 문자를 썼다 지웠다 몇 번을 시도하다 자신이 너무 구질구질해져 전화했다고 한다. 에둘러 말하는 문장 속에 걱정과 믿음이 느껴져 더 슬펐다. 아프기 전부터 연락드려야지 했던 어른인데, 부채감이 두 배가 됐다. 그런 날은 고요했던 마음의 웅덩이가 일렁이고야 만다.

너무 아팠던 초반 두 달은 사실 죽어도 여한이 없었다. 그저 덜 아프고, 빨리 죽게 해달라고 빌었다. 난 꿈꾸고 좋아하던 일을 십 년이나 했고, 사랑하는 사람들이 주변에 많고, 적당히 돈도 벌어본 것 같고, 여행도 꽤 다닌 것 같고…… 차라리 행복한 이쯤 떠나도 괜찮았다.

근데 나를 위해 울어주는 사람들을 보며 죄책감이 들었다. 예의상 노력했다. 잘 먹고 잘 걸었다. 몸이 가벼워지니 하루하루 살아 있는 게 재밌어졌다. 어느 날은 살아 있어 다행이라고 느꼈다. 좀더 살아도 괜찮겠는걸?(간사한 인간……)

사랑하는 사람들을 좀더 만나고 싶고, 좀더 웃고 싶고, 못다 이룬 꿈도 이루고 싶고, 귀여운 것도 더 보고 싶다. 가보고 싶은 곳도 아직 많이 남았더라. 살고 싶어지니 이 상황이 억울하기도 하고, 괜찮은 척했던 내 마음이 주룩주룩 흘러내렸다.

그 또한 많이 지나갔고…… 요즘은 이런 상태다. 지저분한 걱정을 닦아내고 건강과 행복과 위로로 만들어진 찰흙을 덕지덕지 붙이고 있는 정도? 언젠가 그것들이 깨끗하게 다듬어져 예전과 다른, 새로운 모습으로 사회에 발 디딜 날이 오겠지.

2023년의 마지막날 기록

오효정

평생 잊지 못할, 다사다난했던 지난날들. 큰 슬픔의 파도가 덮친 6월, 나를 믿고 응원해준 분들 덕분에 이겨낼 수 있었지 뭐야. 가장 많이 울고 웃었던 해로 기억에 남을 것 같다! 위암이란 녀석과 싸울 날이 얼마나 남았는지 모르겠지만, 2024년 목표는 완치 뿌셔뿌셔다! 부디 내 사람들이 건강하게, 힘든 일은 그저 그렇게 이겨낼 수 있게 해주세요! 덕분에 행복했어요. 혹시 '나도 포함되나?' 싶으면 YOU 맞음♡

모험의 단짝! —베트남에서 뉴욕까지

구
민
정

일 년여에 걸쳐 진행한 방송 프로젝트가 드디어 끝났다. 독
창적인 형식과 울림 있는 메시지로 주목을 받았고, 이런 작
품을 만들어줘서 고맙다는 이야기를 많이 들었다. 공동 연
출자인 나와 효정은 방영이 끝나갈 무렵, 한 언론사 인터뷰
를 함께 진행했다. 함께 인터뷰하는 건 처음이기도 했고, 특
히나 효정은 첫 데뷔작이라 인터뷰 자체가 낯선 경험이었
다. 그만큼 긴장한 듯 보였으나, 효정은 차분하고 진솔하게
대답을 이어갔다. 사실 나는 인터뷰를 할 때보다 기사가 어
떻게 나올지 더 떨렸는데, 다행히 기자님께서 효정의 마음
에 십분 공감하며 기사를 써주셨다. 그중에서도 가장 우리
의 마음에 들었던 건 '모험의 단짝'•이라는 표현이었다.

    돌이켜보면 프로젝트의 형식도, 그걸 둘이서 하려 했던

것도 모험이었다. 믿고 의지할 서로가 없었다면, 아마 프로젝트는 중단되거나 축소되었을 것이다. 이 프로젝트는 우리의 경력뿐 아니라, 인생 전체에서 자랑스러운 작품으로 남았다. 이제는 서로에게 무한한 격려와 축하를 해줄 차례였다. 우리는 또 다른 모험을 계획했다. 바로 해.외.여.행! 효정의 컨디션을 최우선에 놓고, 비행 직항으로 여섯 시간 이내에 갈 수 있는 지역을 검색했다. 이때 우리나라는 11월 초 겨울 날씨로, 찬바람에 취약한 암환자에게는 힘든 계절이었다. 우리는 여행지로 베트남 나트랑을 선택했다. 무엇보다 따뜻한 동남아 휴양지였고, 비행시간도 다섯 시간 정도로 부담스럽지 않았다.

나트랑 공항에 도착하니 덥고 습한 공기가 훅 끼쳤다. 비로소 동남아에 온 게 실감났다. 당장 눈앞에 있는 리조트 수영장에 뛰어들고 싶었으나, 우리는 공항에서 차로 한 시간을 이동하고, 배로 이십 분은 더 깊숙이 들어가야 하는 닌반베이라는 섬으로 향했다. 최대한 사람이 없는 프라이빗한 섬에서 여유롭게 쉬다 오고 싶었기 때문이다. 마침내 도

● "두 피디는 모험의 단짝이었다. 자연 훼손의 실태를 화면으로 고스란히 보여주고 시청자에 가르치듯 온갖 정보를 나열해 다큐멘터리로 제작된 환경 프로그램이 거의 전부일 때, 두 피디는 드라마와 음악 예능의 방식으로 다른 길을 갔다."(양승준 기자, "위암 진단 후 윤도현과 '중껌마'… "투병중 지구의 마지막 담았죠"", 한국일보, 2023.11.21.)

착했을 때, 그곳은 바로 우리가 꿈꾸던 섬 자체였다. 널찍한 간격의 숙소와 수영장들이 우리를 맞이했다. 로비 바로 앞에도 대형 풀이 있었지만, 물놀이를 즐기는 사람은 한 커플뿐이었다. 자연과 어우러져 있고, 수영장이 많고, 한산한, 딱 우리가 원하던 곳이었다.

심지어 숙소 안에도 개별 수영장이 딸려 있어, 자칭 '워터충'인 효정에게 딱이었다. 우리는 도착하자마자 수영복으로 갈아입고 바로 물속으로 뛰어들었다. 그 누구의 눈치도 보지 않고, 반짝이 대형 튜브(효정이 들고왔다)를 타고 둥둥 떠다녔다. 들리는 건 물소리뿐, 아무런 방해도 받지 않아 행복했다. 어느덧 해가 저물기 시작해 저멀리 보이는 바다가 노을빛에 물들었다. 이내 수영장과 효정의 얼굴도 붉게 물들었고, 효정은 필름 카메라로 그 장면을 담았다. 그 순간이 기적처럼 느껴졌다. 불과 오 개월 전에 암 확진을 받을 때만 해도 우리가 해외 휴양지에 있을 거라곤 상상도 못했는데…… 암 이후에도 삶은 계속되며, 절망 속에서도 살아가는 방식은 다양할 수 있다는 걸 깨달았다.

신기하게도 효정은 체력이 점점 더 살아났다. 비행기에, 차에 배까지 타느라 피곤할 법한데도 지친 기색 하나 없었다. 그곳에서는 케모포트, 항암, 위암 같은 단어를 떠올릴 일이 전혀 없었다. 다음날 아침에는 바닷가로 나가 패들 보트를 탔다. 효정은 패들 보트 위에 올라타서 유행하는 댄스 챌린지를 찍고 까불며 놀았다. 모든 게 평화롭고 아름다웠다.

　우리와 마주칠 때마다 미소 짓던 직원들의 환대가 익숙해질 즈음, 우리는 나트랑 시내에 있는 두번째 숙소로 향했다. 닌반베이와 비교하면 확실히 사람이 많았지만, 현지 분위기가 잘 느껴져서 또 그런대로 좋았다. 야시장에서 서로에게 어울리는 베트남 원피스를 골라준 후, 그걸로 갈아입고 거리를 활보했다. 고수가 잔뜩 들어간 쌀국수를 먹고, 발마사지를 받고, 베트남커피까지 마시니 진짜 현지인이 된 것 같았다.

　저녁에는 반미샌드위치를 사 들고 숙소로 돌아와 같이 영화를 봤다. 넷플릭스에 접속하자마자 뜬 〈오토라는 남자〉를 재생했는데, 그 내용이 좀 문제였다. 줄거리인즉, 아내를 암으로 먼저 떠나보낸 후 우울증으로 자살 기도를 하던 한 남자가 어느 날 갑자기 찾아온 이웃으로 인해 겪게 되는 이야기였다.

　그동안 우리는 한 번도 죽음에 대한 이야기를 제대로 나눈 적이 없었다. 나는 효정이 당연히 나을 거라 확신했고, 효정도 그렇게 믿었다. 비록 오 년 생존율이 5퍼센트가 안 될지라도 우리는 당연히 효정이 그 기적 같은 확률 안에 들 것이라 믿었다. 그래야만 오늘을 버텨낼 수 있었으니까. 그런데 갑자기 화면 속에서 내심 두려워하던 95퍼센트의 상황이 펼쳐졌다. 누군가는 홀연히 세상을 등지고, 누군가는 깊은 절망 속에 남겨진 모습이. 죽음은 떠나는 자에겐 부채감을, 남은 자에겐 지독한 슬픔을 안겨주었다. 고통의 무게를 저울질할 것도 없이 둘 다 최악이었다. 우리는 한참 동안 말을 잃었다.

영화는 후반부로 갈수록 주인공이 차마 자살할 수 없는 상황들이 펼쳐졌다. 갑자기 길고양이를 떠맡게 되어 매일 밥을 챙겨줘야 하는가 하면, 오래전 멀어졌다고 생각했던 이웃이 자신을 여전히 친구로 여긴다는 사실을 알곤 그를 위기 상황에서 구해줘야 하는 일도 생긴다. 사랑하는 아내는 떠났지만, 여전히 그의 곁엔 이웃들이 남아 있기에 그의 삶은 계속된다. 이웃에게 운전을 가르쳐주던 어느 날엔 "이런 게 사는 거지!"라고 외치기도 하며, 그는 수명이 다하는 날까지 이웃들과 눈처럼 소복하고 따뜻한 추억들을 쌓아간다.

효정은 영화를 보며 때때로 눈물을 흘렸다. 엔딩 크레디트가 모두 흐를 때까지, 우리는 노트북을 덮지 못하고 긴 여운에 잠겼다. 효정은 효정대로, 나는 나대로 죽음에 대한 여러 생각들이 스쳤다. 그러다 별안간 효정이 외쳤다.

오   나 뉴욕 갈래!

구   응……? 갑자기?

오   나도 뉴욕 갈 거야! 방금 결정했어.

베트남 여행이 끝난 뒤, 나는 일주일간 홀로 뉴욕으로 떠날 예정이었다. 연말의 뉴욕 여행은 늘 꿈꿔왔던 버킷리스트 중 하나였다. 최첨단 도시 문명의 한가운데에서 좋은 뮤지컬, 미술 전시, 재즈 공연 등을 보고 싶었고, 무엇보다 이전 프로젝트를 하며 여러 곳을 돌아다닌 덕에, 뉴욕까지 왕복으로 다녀올 수 있는 마일리지가 축적되어 있었다. 효정은 동행하고 싶어했지만 긴 비행시간과 추운 날씨 때문에 면역력이 떨어질까봐 포기한 상태였다. 함께 갔다가 컨디션이 나빠지는 바람에 내 휴가를 망칠까봐 걱정하기도 했다.

　하지만 효정이 마음을 바꿨다. 효정은 영화를 보면서 자신에게 남은 시간을 떠올렸을 것이다. 그리고 그 시간을 최대한 행복하게 보내기로 마음먹었을 것이다. 해보지 못한 일에 대한 후회가 없도록. 여행중 효정의 컨디션이 떨어질까봐 걱정이 되기도 했지만, 효정의 굳은 결심 앞에 나는 "그래! 가자!"라고 힘주어 답했다. 그렇게 우리는 며칠 뒤, 뉴욕행 비행기에 몸을 싣게 되었다. 그곳에서 어떤 일이 펼쳐질지 전혀 모른 채로.

*

캐리어에서 여름옷을 꺼내기가 무섭게, 다시 겨울옷을 채워 인천 공항으로 향했다. 이번에는 지구 반대편 대륙까지 날아가는 장거리 여행이기에 효정의 컨디션을 안정적으로 유지하는 게 무엇보다 중요했다. 공항에 일찍 도착해 라운지에서 밥을 든든히 챙겨 먹었고, 돌아올 때 공항에서의 이동이 힘들지 않게 휠체어 서비스도 미리 신청해뒀다. 베트남 여행 때보다 좀더 긴장한 나와는 다르게 효정은 오히려 더 씩씩해 보였다. 어르신이나 가족 단위의 여행객이 많았던 나트랑행 승객들과는 달리, 뉴욕행 승객들은 우리 나이또래도 많았다. 암환자라는 정체성에서 잠시 벗어나, 보통의 젊은이들에 속하게 된 사실이 효정을 더 설레게 하는 것 같았다.

JFK 공항에 무사히 도착한 우리는 택시를 타고 맨해튼으로 향했다. 외곽에서 뉴욕의 중심부인 맨해튼으로 향하는 퀸스 브릿지로 접어들 때, 고층 빌딩들의 스카이라인이 보이기 시작했다. 눈부신 하늘과 맞닿은 다리를 건너면서 점차 가까워지는 빌딩 숲! 영화에서만 보던 엠파이어 스테이트 빌딩도 모습을 드러냈다. 효정과 나는 누가 먼저랄 것도 없이 휴대폰으로 맨해튼에 진입하는 영상을 찍었다. 뉴욕에

왔다는 게 확 실감났고, 맨해튼에 진입하는 그 순간엔 정말 영화 속으로 들어가는 것 같았다.

숙소는 맨해튼에서도 가장 사람 많고 복잡한 타임스퀘어 한복판에 있었다. 짐을 풀고 창밖을 보니, 해가 지고 난 후라 타임스퀘어의 전광판 불빛이 더욱 강렬하게 빛났다. 이제 진짜 뉴욕의 밤을 즐길 시간이었다. 우리는 두꺼운 패딩을 입고, 목도리와 장갑으로 무장한 채 숙소를 나왔다. 코끝에 스치는 차가운 바람이 연말의 설렘을 더했다. 이곳이 바로 〈어바웃 타임〉과 〈섹스 앤 더 시티〉를 찍은 뉴욕이 아닌가! 거리에는 크리스마스 캐럴이 울려퍼졌고, 각자의 행복을 즐기는 사람들로 붐볐다. 영화 캐릭터로 분해 사진을 찍는 사람들, 비보잉을 하는 사람들, 여유롭게 구경하는 사람들로 타임스퀘어 광장이 꽉 찼다.

우리는 수많은 인파를 뚫고 광장의 한가운데로 나아갔다. BTS를 비롯해 세계적인 스타들의 화려한 영상이 흘러나오는 타임스퀘어 한복판에 있자니, 우리가 마치 미디어 산업의 중심에 선 듯한 느낌을 받았다. 효정은 영상업에 종사하는 사람으로서 호기심과 자부심이 가득한 눈으로 주위를 둘러봤다. 효정의 일상에서, 아니 인생에서 가장 멀리 나온 공간이었다. 효정의 얼굴이 묘한 흥분감으로 상기되어 있었다. 우리는 빛나는 전광판들 앞에서 사진과 영상을 잔뜩 찍었다. 왠지 그곳에 존재하는 것만으로도 성공한 것 같아 좀처럼 흥분이 가라앉지 않았다.

하지만 이건 우리의 모험에서 잠시 주어진 평화일 뿐이었다. 문제는 바로 다음날 시작됐다.

우리는 아메리칸 스타일로 저녁 식사를 하고 기분 좋게 숙소로 돌아왔다. 이곳에 와서 얼마나 기쁜지 한참 이야기하다 잠이 들었다. 아니, 그랬어야 했지만…… 시차 적응의 실패로 둘 다 뜬눈으로 밤을 지새웠다. 다음날 일정은 소호에서의 쇼핑이었다. 지하철을 타고 소호로 이동해 유명한 르뱅쿠키를 사먹고, 유튜브에서만 보던 Kith, 슈프림 등 핫한 매장에 들어가 정신없이 구경했다. 매장들 사이사이에 있는 편집숍도 구석구석 둘러보고, 마음에 드는 옷들을 샀다. 그렇게 몇 개의 매장을 돌고 나니, 나의 체력이 급격히 떨어지기 시작했다.

배터리가 방전되듯 체력이 훅훅 떨어지는 나와는 달리 효정은 너무나 짱짱했다. 대체 어디서 저런 에너지가 나오는 건가 싶을 정도로. 효정은 거울 앞에서 몇 번이나 신어본 부츠를 살지 말지 결정해야 하는 중요한 기로에 서 있었다. 오백 달러가 넘는 가격이 고민스럽기도 했고, 원하는 사이즈가 없어 산다면 한 사이즈 큰 걸 사야 했다. 게다가 사고 싶은 건 검은색 모델이었는데 빨간색 모델이 대폭 할인중이라 그 또한 고민이었다. 무엇보다 그 부츠를 자주 신을 일이 있을지도 생각해봐야 했다. 효정이 계속해서 부츠를 신었다 벗었다 하는 동안, 나는 완전히 지쳐버렸다. 효정이 나에게 조언을 구하자, 내 입에선 나도 모르게 "그냥 사!" 하는 무심한 말이 툭 튀어나와버렸다.

우리는 여행중 처음으로 싸웠다. 효정은 내가 여유 있을 때만 자신을 '과하게' 챙기는 것 같다고 했고, 나는 그 말이 서운했다. 사실 나는 체력 방전이 잘되는 편이다. 특히 쇼핑할 때. 눈앞의 여러 일들을 챙기려고 하지만 방전만 되면 주변이 잘 안 보인다. 효정은 그 차이가 혼란스러웠던 것 같다. 우리는 서로 예민해진 상태이니 숙소에 가서 잠시 쉬어가기로 했다. 다행히 체력은 금방 회복되었다. 화해한 우리는 그날 저녁 뮤지컬 〈라이온 킹〉을 보러 갔다. 배우들의 성량과 연기부터 전체적인 짜임새까지 가히 명작이었다. 훌륭한 예술 작품에 마음속 깊이 치유되는 느낌이었고, 그렇게 우리의 갈등도 일단락되는 듯했다. 하지만 진짜 위기는 그다음부터였다.

그날 밤 우리는 또 시차에 적응하지 못했고, 서너 시간 겨우 눈을 붙였다. 다음날 오전 일정은 센트럴파크에서 자전거를 타는 것이었다. 하지만 아침부터 날씨가 흐렸다. 부슬부슬 비가 오더니 기온이 더 떨어졌다. 우리는 자전거 타기는 포기하고 브런치를 먹으러 갔다. 그런데 그때부터 효정의 컨디션이 급격히 떨어졌다. 갑자기 이가 아프다고 했다. 조금씩 기침도 했다. 일단 숙소로 돌아와 안정을 취하게 한 후, 약국에서 진통제와 감기약을 사 왔다. 불현듯 두려움이 엄습해 왔다. 효정의 컨디션이 돌아오지 않을까봐, 지금보다 더 나빠질까봐…… 보통의 여행자들에서 어느새 환자와 보호자로 돌아온 느낌이었다.

　그 순간 설레고 들떴던 모든 것들이 낯설고 춥게 느껴졌다. 여기 와서 먹는 게 너무 부실했나? 잠을 잘 못 자서 그런가? 숙소가 추웠나? 효정의 컨디션에 무엇이 안 좋은 영향을 미쳤을지 자꾸 되짚어보게 되었다. 그렇게 내가 걱정의 늪에 빠져드는 사이, 효정의 치통이 멎었다. 다행히 약이 효과가 있는 듯했다. 효정은 괜찮으니 걱정 말라며, 빨리 재즈 공연을 보러 가자고 했다. 그날 저녁 일정으로 재즈바를 미리 예약해둔 상태였다. 컨디션이 다시 나빠질까 걱정이 됐지만 공연을 놓치면 아쉬울 터였다. 우리는 뉴욕의 유서 깊은 재즈바로 향했다. 둘 다 꾸벅꾸벅 졸면서도, 공연이 끝날 때까지 우리는 재즈 감성에 흠뻑 젖어들었다.

　그런데 다음날 아침 효정의 치통이 다시 시작됐다. 어제보다 통증이 더 심했다. 이번엔 몸살 기운도 있어 보였다. 효정의 컨디션이 확실히 더 안 좋아졌다. 따뜻한 방에서 뜨거운 음식을 먹여야 할 것 같았으나 숙소의 난방이 시원치 않았다. 효정의 기침이 점점 심해졌고, 나는 마음이 조급해 졌다. 다음날 가려고 했던 숙소에 찾아가 난방 상태를 확인 한 후 바로 숙소를 옮겼다. 다행히 옮긴 숙소는 금세 따뜻해 졌고, 김치찌개를 배달시켜서 먹으니 효정이 살 것 같다고 했다.

효정은 나의 휴가를 망치는 것 같다며 미안해했다. 나는 괜찮다고 말하면서도 원래 잡아두었던 그날의 일정을 떠올렸다. 거장들의 미술 작품이 전시된 MoMA, 크루즈를 타고 강에서 바라보는 자유의여신상…… 상상 속 풍경들이 머릿속을 둥둥 떠다녔으나 이날 우리는 하루종일 숙소에서 요양했다. 해가 저물자 창밖으로 타임스퀘어의 다채로운 불빛들이 반짝였다. 커튼으로 그 빛을 차단한 채, 우리는 노트북으로 뮤지컬 영화 〈물랑루즈〉를 봤다. 그날 밤, 우리는 처음으로 통잠을 잤다.

푹 자고 일어나니 효정이 다행히 컨디션을 회복했다. 어느덧 여행의 마지막날, 하늘도 활짝 개고 날씨도 따뜻해 졌다. 우리는 맨해튼을 벗어나 브루클린으로 향했다. 번잡한 도시에서 교외 지역으로 오니 훨씬 한가로웠다. 동네를 조깅하는 여유로운 사람들, 거리를 따라 늘어선 플리마켓과 아기자기한 편집숍. 딱 우리 취향이었다. 다음에 또 뉴욕에 오게 된다면, 브루클린에 숙소를 잡자고 이야기하며 동네를 돌아다녔다.

이제 우리는 여행중 서로의 템포를 완벽하게 파악했다. 쇼핑을 하다가도 커피, 아이스크림 등을 먹으며 중간중간 쉬었다. 해질녘엔 브루클린 브릿지 포인트로 가서 사진과 영상을 잔뜩 찍었다. 건너편 맨해튼의 풍경을 바라보는 효정의 눈에 노을빛이 어른거렸다. 효정은 상념에 젖어 있었다. 나는 오늘이 마지막 밤이라는 사실에 안도감이 들면서도 못내 아쉬웠다.

뉴욕 여행을 계획하며 '뉴욕 여행 BIG 5' 이용권을 미리 구입해두었다. 뮤지컬 입장권, 센트럴파크 자전거 이용권, MoMA 미술관 입장권, 크루즈 타고 자유의여신상 즐기기, 뉴욕 고층 빌딩 야경 즐기기. 그중에서 우리가 사용한 건 단 두 개뿐이었다. 이대로 뉴욕의 마지막 밤을 떠나보낼 순 없었다. 우리는 마지막 일정으로 '뉴욕 고층 빌딩 야경 즐기기'를 사용하기로 했다.

그런데 우리가 브루클린에서 맨해튼으로 나오는 시간이 퇴근 시간대에 걸렸다. 택시를 타면 더 막힐 것 같아 버스를 탔는데, 하필 버스를 잘못 탔다. 버스는 숙소에서 한참이나 떨어진 곳에 우릴 내려줬고, 결국 우린 또 버스를 기다리고, 갈아타고, 걸어서 겨우 숙소에 도착했다. 둘 다 기진맥진

했다. 하지만 그놈의 마지막 밤이 뭔지, 아무것도 안 하기엔
아쉬웠다. 창밖의 휘황찬란한 불빛들이 "이래도 안 나올 거
야?" 하고 말하는 것 같았다. 우리는 숙소에서 조금 쉬다가
다시 야경을 보러 나가기로 했다. 하지만 둘의 회복력엔 차
이가 있었다. 지쳐 있던 효정은, 나에게 야경을 혼자 보러 가
라고, 그게 아니면 그냥 함께 포기하자고 했다.

그 순간 내 머릿속에 사용하지 못한 '뉴욕 여행 BIG 5'
이용권이 스쳐지나갔다. 그리고 해서는 안 될 말을 뱉고 말
았다.

구   지금까지 길바닥에 버린 돈이 얼만데…… 마지막으
        로 야경은 꼭 보고 싶어.

나는 알고 있었다. 이 말을 들으면 효정은 미안한 마음에 생
각을 바꿀 거란 사실을. 결국 효정은 나와 함께 야경으로 유
명한 빌딩으로 향했다. 그곳은 인스타 성지라는 명성에 걸
맞게 수많은 인파로 북적였고, 대기 줄이 한참이나 길게 늘
어서 있었다. 족히 수천 명은 되어 보였다. 이렇게까지 기다
리는 건 예상 밖의 시나리오였다. 하지만 여기까지 나온 이
상 이대로 돌아갈 순 없었다. 꼼짝없이 세 시간을 기다렸다.
내가 가자고 해서 왔는데, 이렇게 고생을 하니 나 스스로가

너무 못나게 느껴져 화가 났다. 이게 뭐라고 쉬겠다는 암환자를 데려와서 이 고생을 시킬까. 효정은 당연히 힘들 텐데도, 애써 내색하지 않았다. 날 원망하지도, 돌아가자는 말도 하지 않았다. 어느 순간부터는 둘 다 '어디 얼마나 대단한 야경인지 보자'며 약이 올라 버틴 것 같기도 하다.

그렇게 기다리고 기다려 꼭대기 층에 올라갔을 때, 확실히 아름답긴 했다⋯⋯ 360도로 뚫려 있는 통창으로 보이는 맨해튼의 불빛이, 거울로 만들어진 천장과 바닥에 반사되어 몽환적인 풍경을 자아냈다. 마치 우리가 야경 한가운데에 둥둥 떠 있는 듯한 느낌이었다. 다행히 효정도 기분이 괜찮아진 것 같았다. 이곳저곳을 열심히 돌아다니며 사진을 찍었다. 방방 뛰어다니기도 했다. 그런 효정의 모습 뒤로 뉴욕의 야경이 반짝였다. 마치 꿈속처럼 비현실적이라 기분이 이상했다. 뉴욕의 야경과 위암이라니, 얼마나 어울리지 않는 조합인가. 둥둥 떠다니는 이상과 현실의 밑바닥을 동시에 느낀 밤이었다. 하루라도 더 행복하기 위해 떠나왔지만, 감당해야 할 현실이 계속 우리를 따라다녔다. 행복과 불안이 동전의 양면처럼 맞붙어 있었다.

우리는 다음날 무사히 한국으로 돌아왔다. 돌아오는 길, 서로에게 미안하고 고맙다고 말했다. 함께 여행해줘서, 또 인생에 아름다운 추억을 만들어줘서. 효정은 김치찌개,

물닭갈비 등 먹고 싶었던 한식을 실컷 먹고, 치과에 가서 진료도 받았다. 괜찮아진 듯 보였다. 하지만 며칠 후, 다시 복통이 찾아왔다. 배가 조금씩 부풀면서 초기에 복수가 찼을 때와 비슷한 증상을 보였다. 여행 때문에 위암이 악화되었을까봐 너무나 초조했다. 효정은 태연한 척했으나, 배가 불러올수록 불안해하는 게 보였다. 며칠 후 외래 진료 날, 주치의 선생님은 효정의 해외 여행기를 듣고는 환자인 걸 잊었냐며 한소리 하셨다. 검사 결과, 위암이 악화된 건 아니지만 복막염에 걸렸다는 진단을 받았다. 효정은 모든 연말 약속을 취소하고 집에 머무르며 복막염 치료를 받는 것으로 여행에 대한 대가를 혹독하게 치렀다.

뉴욕 여행을 생각하면 마지막날 밤처럼 마음이 복잡해진다. 설렘, 행복, 흥분, 야경 등 웃음이 번지는 추억과 함께 불안, 두려움, 초조함, 치통, 복막염 등이 한데 뒤섞여 뭐라 말할 수 없는 상태가 된다. 만약 내가 뉴욕에 가지 않았더라면 효정도 뉴욕에 가지 않았을 테고, 그러면 복막염에도 안 걸리고 항암 치료도 더 효과를 볼 수 있지 않았을까? 무거운 죄책감이 날 짓누른다. 효정은 나의 이런 마음을 알아서였는지는 몰라도 "그때 뉴욕에 다녀오길 정말 잘했어"라고 여러 번 말했다. 안 갔으면 두고두고 후회했을 거라고.

브루클린 브릿지를 배경으로 서 있는 효정의 사진을 보

면 어쩐지 합성 사진 같다. 우리가 거기까지 갔었다니. 그 사실이 믿기지 않으면서도, 그 먼 곳에서 환하게 미소 짓는 효정의 얼굴을 보면 그립고 반가운 마음이 든다. 한 가지 분명한 건 우리가 브루클린에 있던 그 순간만큼은 정말 행복했다는 사실이다.

태양이라는 이름의 개

구민정

사람을 워낙 좋아하는 효정이지만, 그보다 더 좋아하는 게 있다면 바로 귀여운 동물이다. 효정은 집에서 SNS를 보는 시간이 많아졌는데, 뭘 그렇게 보고 있나 살펴보면 십중팔구는 귀여운 강아지였다. 어느 날은 효정이 인스타그램에서 강아지만 들여다보고 있길래 "계속 그렇게 보고 있을 거면 입양을 하지 그래?" 하고 말을 건넸다. 효정은 아주 잠시 생각하더니, "내가 지금 어떻게 키워" 하며 화면을 넘겨버렸다.

무심코 건넨 말이었지만, 나는 진심으로 효정이 반려동물을 키웠으면 좋겠다고 생각했다. 일로 꽉 채워졌던 효정의 일상은 암 확진을 받은 후 하루아침에 텅 비어버렸고, 효정은 어쩔 수 없이 무기력해졌다. 그리고 우울감이 조금씩 똬리를 틀었다. 언젠가부터 잘 웃지도 않는 날들이 길어졌다. 본인도 모르게 우울감이 점점 더 커지고 있었기에 정서적인 안정감을 줄 수 있는 무언가를 찾았으면 했다. 또한 지금이 효정이 반려동물을 키우기에 적기인 것 같았다. 치료 때문에 집에 머무는 시간이 그 어느 때보다 길어졌고, 어머니와 동생도 함께 살고 있으니 양육에 대한 부담감을 오롯이 혼자 느끼지 않아도 되니까. 그래서 나는 반려동물 입양을 적극적으로 권했다.

효정은 안 키운다고 하면서도, 한 강아지가 너무 귀엽다며 나에게 계속 사진을 보여주었다. 멍청해 보이지만 왠지 듬직해 보이기도 하는 어린 비숑 수컷이었고, '태양'이라는 이름을 갖고 있었다. 효정의 고민이 계속되었다. 입양하고픈 마음은 굴뚝같지만, 평생 양육하겠다는 책임감 없이는 결정할 수 없다고 했다. 일주일 뒤, 효정은 직접 보고 최종적으로 결정하겠다고 했고 우리는 함께 집을 나섰다.

그후 태양이를 입양하게 된 건 정해진 수순이었다(집을 나서는 효정의 뒤에 대고, 어머니는 "오늘 가서 데려오겠네" 하고 예언하셨다). 실제로 태양이를 직접 보자, 효정과 나는 온 마음을 빼앗겨서 그 자리에서 입양을 결정했다. 그렇게 효정-태양-어머니-남동생이 함께하는 반려견 라이프가 시작됐다.

태양이가 들어오니 확실히 집 안의 공기가 달라졌다. 온 가족의 화두는 태양이가 되었고, 하루종일 사고 치고 다니는 태양이 덕에 모두가 심심할 겨를이 없었다. 태양이는 이름처럼 정말 에너지가 넘쳐났고, 조용하다 싶으면 어딘가에서 휴지를 갈기갈기 찢어놓는 귀여운 사고를 쳤다. 애교는 어찌나 많고 사랑스러운지, SNS에 태양이 영상을 올리면 조회수가 기본 십만 뷰에서 백만 뷰까지도 나왔다. 효정의 남동생이 재미로 태양이의 사주를 분석했는데, 만인의 사랑을 받는 '연예인 사주'로 나왔다. 신기하게도 태양이와 산책을 나가면 남녀노소 할 것 없이 모두가 태양이를 쳐다보며 귀여워했다.

하지만 뭐니 뭐니 해도 태양이의 진가가 발휘되는 순간은 바로 효정이 항암 치료를 받을 때였다. 항암 치료를 받고 오면 효정은 며칠을 침대에 쓰러져 있었는데, 그럴 때마다 태양이가 든든하게 곁을 지켜주었다. 효정의 침대에서 자리를 떠나지 않았고, 효정이 화장실을 갈 때에도 졸졸 따라다녔다. 효정은 평생 든든한 내 편이 생겼다며 좋아했다. 언제나 효정의 곁엔 태양이가 있었다. 태양이는 아마도 효정이 아픈 걸 알았던 것 같다. 개춘기(개 사춘기)가 와서 금쪽이처럼 굴다가도, 효정이 아파서 누워 있으면 그저 조용히 다가가 얼굴을 핥아주었다. 효정이 눈물을 흘리면 앞발을 툭

얹고 위로해주기도 했다. 강아지는 어쩌면 '아픔의 냄새'를 맡을 수 있는 게 아닐까. 늘 곁에 있는 태양이 덕에 효정도 조금씩 웃었다.

태양이에게 위로를 받은 사람은 또 있었다. 다름 아닌 효정의 어머니다. 평소엔 말투도 표현도 무뚝뚝하신데, 태양이를 볼 때면 눈에서 꿀이 뚝뚝 떨어지셨다. 태양이는 어머니를 졸졸 쫓아다니며 재롱을 부렸고, 어머니는 그런 태양이의 모든 행동을 생중계하며 귀여워하셨다. 꼭두새벽마다 어머니가 도마에 칼질하는 소리가 들리면 태양이는 어김없이 그쪽으로 다다다― 달려갔고, 그러면 어머니는 당근, 양배추, 고구마 등을 조금씩 썰어주셨다. 하루가 다르게 쑥쑥 자라나는 태양이와 매일 조금씩 호전되는 효정 덕분에 어머니의 뒷모습도 어쩐지 신이 나 보였다. 태양이가 오고 나서 가장 많이 밝아진 사람은 바로 어머니였다. 그런 어머니를 바라보며 효정도 태양이를 더 사랑하게 되었다.

효정은 태양이와 놀아주기 위해 침대에서 더 빨리 일어났고, 태양이를 산책시키기 위해 일부러 조금씩 더 걸었다. 친구들을 만나러 갈 때도 태양이와 함께였고, 외출 후 돌아오면 꼼꼼히 빗질해주었다. 때마다 병원에 가서 예방 접종과 미용을 시켜주는 일도 빼먹지 않았고, 여행을 계획할 때면 반려견 동반이 가능한 곳을 찾아 태양이와 떨어지지 않으려 했다. 또 SNS에 귀여운 태양이를 자랑하느라 쉴 틈이 없었다. 태양이 때문에 효정은 훨씬 바빠졌지만, 그만큼 더 많이 웃을 수 있었다. 태양이라는 이름처럼, 이 작은 생명체는 효정의 삶을 따뜻하게 비춰주었다.

새로운 유니버스의 탄생

구민정

흔히 암은 '돈과의 싸움'이라고들 한다. 치료 자체에도 많은 돈이 들지만, 그동안 일상을 유지하며 생활하는 데에도 돈이 필요하기 때문이다. 몇 개월 치료한다고 낫는 게 아니라, 대부분 오 년 이상의 장기전을 요하기 때문에 항암 치료를 받으며 일을 하러 다니는 경우도 꽤 있고, 가족이 대신 돈을 벌기 위해 간병을 포기하는 경우도 많다. 효정은 다행히 위암 확진을 받기 전 실비 보험과 암 보험을 들어놓은 상태였다. 또한 십여 년간 일해왔기에 저축해둔 돈도 있었다. 그러나 집 전세금으로 대부분의 돈이 묶여 있어, 현실적으로 효정과 어머니가 돈 걱정 없이 온전히 치료에 집중할 수 있는 기간은 딱 일 년이었다. 그렇게 반년을 지나왔는데 어느덧 전세 계약 만기일이 도래했다. 항암 치료가 장기전으로 이어질 것을 직감하면서 점차 생계에 대한 걱정을 시작할 때였다. 효정의 상태가 호전되는 것을 보며 어머니도 슬슬 절로 복귀할 생각을 하셨고, 남동생도 점차 독립을 준비했다.

그즈음 효정은 어머니와 식당을 운영해 돈을 벌고, 밥도 거기서 해결하는 삶을 고민중이었다. 나는 그럴 거면 둘이 함께 살자고 했다. 식당에서 일하는 효정이 상상되지 않았을뿐더러, 전혀 행복할 것 같지 않았다. 효정은 창작할 때 재미를 느끼는 사람이었다. 나는 그 꿈을 지켜주고 싶었다. 어차피 나도 혼자 살고 있어서, 둘이 전세금을 합치면 더 좋은 주거 환경으로 옮길 수 있을 터였다. 평소에도 효정의 집에 매일 하숙생처럼 찾아가 저녁을 먹었기에, 함께 사는 모습이 어렵지 않게 상상되었다. 무엇보다 함께 살면 재미있을 것 같았다!

하지만 효정의 생각은 달랐다. 내 제안을 듣는 순간부터 머리가 복잡해지는 게 느껴졌다.

오   부담 주고 싶지 않아. 엄마 없이 우리 둘이 산다는
        건 민정이 내 보호자 역할을 해야 한다는 거잖아.
구   완벽하진 않겠지만 할 수 있을 것 같아.
오   같이 살면 성격 차이로 싸우고 멀어지게 되는 일도
        걱정이고.

구   우리 둘 다 그때그때 말하고 푸는 편이잖아? 싸워서
    갈라설 것 같진 않은데.

오   내가 먼저 하늘나라로 떠나면 남겨진 네가 너무 힘
    들 것 같아.

구   ……

마지막 말을 듣고 나는 조금 무서워졌다. 효정이 반드시 완
치될 거라 확신했기에 그런 상황을 진지하게 생각해본 적이
없었다. 아니 생각하지 않았다. 실제로 효정은 계속 호전되
고 있었으므로, 그 끝에 죽음이 있을 리 없다고 생각했다. 그
런 일은 우리에게 결코 일어날 수 없었다.

    우리는 함께 사는 것에 대해 며칠 동안 고민하다가 역술
의 힘을 빌리기로 했다. 유명하다는 부천의 철학원에 찾아
가, 우리가 함께 살아도 되겠냐고 물어보았다. 선생님은 사
주상 둘이 합이 딱 들어서 아주 잘 살 거라고 말했다. 비즈니
스 파트너로도 좋고, 서로가 서로에게 필요한 존재라고 했
다. 연이어 잘본다고 소문난 압구정의 타로 카페에도 찾아
갔다. 마스터는 타로 카드를 읽더니 둘이 함께 살면 '새로운
유니버스'가 탄생할 거라고 했다. 새로운 유니버스라니! 역
시 너무 재밌을 것 같잖아! 다만 효정에게 절대 무리하지 말
고, 좀더 마음을 비우는 연습을 하라는 말을 덧붙였다. 어쨌

든 그날 이후로 효정과 나는 함께 사는 쪽으로 마음이 기울었다.

함께 살 결심이 서자, 효정은 이사 후보지와 필요한 가전 가구 리스트, 이사 업체 리스트, 예산까지 정리해 나에게 공유했다. 효정의 생산성이란! 우리는 물 맑고 공기 좋은 동네를 찾아 여러 지역을 돌아다녔다. 그중 꽃향기가 나는 동네라는 뜻의 이름을 가진 '향동'이 우리의 마음에 쏙 들어왔다. 아파트 단지를 나서자마자 동네를 가로지르는 하천이 펼쳐졌고, 마트나 병원 등 편의시설이 가까웠으며, 그 뒤로 바로 산이 있어서 공기도 좋았다. 이름 그대로, 정말 꽃향기가 나는 동네였다. 게다가 방송국과도 가까워 업계 동료들이 주변에 많이 사는 점도 좋았다. 함께할 이웃이 있다는 건 안정감을 주니까.

우리는 주말마다 이사할 집을 보러 다녔다. 서로 집을 보는 기준이 달라 함께 다니는 동안 자주 웃었다. 나는 인테리어, 층고의 높이, 곰팡이의 유무 등을 주로 살펴보는데 효정은 자꾸 어떤 '기운'을 따졌던 것이다. 이 집은 뭔가 기운이 어두워, 저 집은 아무래도 좋은 일로 나가는 게 아닌 것 같아…… 나는 할머니처럼 말하는 효정이 웃겼다. 아무래도 언젠가 호되게 당해서 그런 것 같았다. 그렇게 집을 보러 다닌 지 한 달째, 드디어 우리 둘의 마음에 꼭 드는 집이 나타났다.

집에 들어서자마자 일단 기운이 맑았다(합격). 집주인이 살던 곳이라 깔끔하고 관리가 잘되어 있었고(합격), 집주인 부부가 취미 부자라 물건이 늘어나서 더 넓은 집으로, 그러니까 더 좋은 곳으로 이사 가려고 한다고 했다(최.종.합.격). 우리는 바로 가계약을 하고 효정의 집으로 돌아와 어머니, 태양이와 함께 축배를 들었다. 효정은 마치 우리집을 산 것처럼 행복하다고 했다. 나도 덩달아 행복해졌다. 비로소 우리의 안락한 보금자리가 생겼고, 그곳에서 함께 꿈을 키워갈 날들이 기다려졌다. 우리에게 새로운 유니버스가 열리고 있었다.

*

효정, 나, 태양이 셋이 함께하는 향동 라이프가 시작되었다. 다가오는 봄이 기대되는 우리의 새로운 보금자리였다. 이곳에서 잘 먹고, 놀고, 운동하며 무엇보다 건강한 삶을 꾸려가자고 다짐했다. 특히 건강하게 먹는 것이 무엇보다 중요했기에 우리는 매주 일요일 밤마다 일주일 단위의 식단을 짰다. '아침은 민정이 하고, 점심은 각자 알아서 먹고, 저녁은 효정이 한다'는 규칙을 세우고, 식단에 맞춰 장을 봤다. 효정은 '극 J'답게 위클리 플래너를 구입하여 냉장고 문에 붙여

놓고 그때그때 필요한 재료들을 써놓았다.

나에게도 새로운 루틴이 생겼다. 매일 새벽 여섯시에 일어나 쌀을 불리고 밥을 지었다. 전기밥솥과 돌솥을 활용하여 최고의 밥맛을 찾기 위한 나만의 실험이 시작됐다. 일단 밥이 맛있어야 잘 먹게 될 테니까. 백미와 현미는 익는 속도가 달라서 현미를 훨씬 더 오래 불려야 한다는 사실을 처음으로 알게 됐고, 밥알 사이에 공기층이 생기면서 돌솥이 전기밥솥보다 확실히 더 맛있게 익는다는 사실도 배우게 됐다. 최종적으로 백미 돌솥밥에 정착하게 되었는데, 설익은 밥부터 진밥까지의 긴 여정을 효정도 별수 없이 동행하게 되었다. 그렇게 약 이 주 정도 지났을 때, 서로의 입맛에 딱 맞는 밥을 지을 수 있게 되었고 더불어 계란말이, 나물무침, 각종 찌개까지 다른 요리 실력도 성장했다. 어느 날엔 아침을 먹던 효정이 "우리 이제 진짜 식구가 됐네?" 하고 말했다. 식구(食口). 한집에서 함께 살면서 끼니를 같이하는 사람. 그렇다. 우리는 진짜 식구가 된 것이다.

아침을 먹고 나면 효정이 설거지를 하고, 나는 태양이랑 산책을 나갔다. 태양이는 아침부터 에너지가 넘쳐서 산책을 다녀오지 않으면 하루종일 말썽을 부렸다. 태양이랑 향동천을 한 시간 정도 걸으며 힘을 빼놓은 후 나는 출근했고, 효정은 집에서 글을 쓰거나 운동을 했다. 집에 있으면 자꾸 할일들이 보이는지 집안 청소와 빨래도 꽤 자주 했다. 저녁이 되어 내가 퇴근할 즈음, 효정은 저녁을 차렸다. 효정은 요리를 꽤 잘해서 등갈비, 샤브샤브, 고등어조림 등을 뚝딱 만들어냈다. 내가 설거지를 마친 후엔, 함께 닌텐도 게임으로 볼링이나 테니스를 쳤고 커뮤니티 센터에 내려가서 탁구를 치기도 했다. 종이 인형처럼 보이는 효정은 기본적인 운동 신경이 꽤나 훌륭했다. 특히 탁구는 내가 칠 때마다 졌다…… 운동 후엔 함께 아이스크림을 사 먹고, 영화를 보거나 책을 보다가 잠들었다.

일을 시작하고 지난 십여 년 동안, 삼시 세끼를 제대로 챙겨먹은 날이 없었는데 아침저녁으로 집밥을 해 먹으니 하루가 너무 빨리 흘러갔다. 밥 먹고 설거지한 후 뒤돌아서면 다시 식사 시간이 찾아왔다. 살면서 대파를 그토록 빨리 소진해본 적이 없었다. 마늘과 양파도 마찬가지였다. 하지만 우리가 먹을 재료를 직접 고르고 다듬는 그 시간이 참 좋았다. 그 시간이 쌓여 우리 사이에는 정말 식구라는 유대감이 형성되어갔다.

물론 때때로 두려움에 사로잡히기도 했다. 특히 암환자에게 음식은 건강과 직결되기에, 혹여나 효정이 배가 아프다고 할 때면 뭘 잘못 먹인 건 아닐까 걱정이 됐다. 효정과의 일상은 분명 행복했지만, 보호자로서 해야 할 일을 잘 못하고 있는 건 아닐까 불안한 마음도 늘 함께였다. 하지만 나는 효정을 가능한 한 아무렇지 않게 대했다. 효정이 암환자처럼 보이고 싶어하지 않는다는 것을, 일방적인 동정이나 위로가 오히려 효정을 더 무력하게 만든다는 것을 잘 알고 있었기 때문이다.

암에 걸린 효정에게 전해지는 어떤 말들은 너무 무겁거나 너무 가볍기만 했다. 그저 자기감정에 빠진 사람들도 더러 있었고, 배려 없는 일방통행의 위로를 건네는 사람들도 있었다. 물론 진심을 담아 건네는 위로는 효정을 앞으로 나아가게 했지만, 그를 통해 효정은 자신이 암환자임을 다시 자각할 수밖에 없었다. 사실 효정은 여전히 효정이었다. 나는 효정이 '환자'가 아닌 '효정'으로 살기를 바랐다. 그래서 우리는 영화가 보고 싶으면 영화관에 갔고, 때때로 여행을 떠났으며, 계절마다 인생 네 컷을 찍었고, 밥을 해 먹기 귀찮을 때엔 외식도 했다.

물론 모든 게 그전과 같지는 않았다. 오래 서 있기 힘든 효정의 체력을 고려해 우리가 좋아하는 전시회에는 차마 갈 엄두를 내지 못했고, 감염의 위험 때문에 인파가 몰리는 곳은 의식적으로 피했다. 삼 주에 한 번은 항암 치료를 위해 병원에 가야 했고, 그후 삼 일간 효정은 침대 밖으로 나올 수 없었다. 그럴 때마다 효정은 본인이 환자임을 자각해야 했지만, 그럼에도 항상 자기 자신으로 존재하고 싶어했다. 그러니 나는 효정을 그저 효정으로 대하면 되었다. 시답잖은 농담을 주고받는 친구이자, 일에 대한 고민을 나누는 동료이며, 끼니를 함께 해결하는 식구로.

*

우리 옆 단지에는 SF 소설가이자 시나리오 작가인 천선란 작가님이 살고 있다. 이전 작품을 통해 우리는 일로 만났고, 작품이 끝나고 나서는 친구가 되었다. 셋이 모여 이야기하니 상상에 상상이 더해졌고, 어느새 정기적으로 만나 드라마 기획 회의를 하게 되었다. 일 잘 벌이기로는 둘째가라면 서러운 사람 셋이 모이니 기획안은 점차 구체화되었다. 드라마에, 유튜브에 아이디어가 샘솟았고 우리는 맛집을 공유하며 맛집 탐방 겸 기획 회의를 이어갔다. 이야기가 끝도 없이 뻗어나가는 과정이 즐거웠고, 무엇보다 그때마다 효정의 눈빛이 반짝이는 게 느껴졌다. 뭔가 재밌는 상상을 할 때면 효정은 눈부터 생기가 돌았다. 우리가 이렇게 잡담하듯 쌓아온 이야기가 언젠가 온에어 된다면, 기분이 너무 이상할 것 같다고 말하는 효정의 얼굴에는 설렘이 가득했다. 효정은 여전히 하고 싶은 것도, 만들고 싶은 것도 많은 피디였다.

어느 날 유튜브 회의를 하다가 '살아남기'라는 주제로 대화를 나누게 되었다. 우리는 모두 무언가로부터 살아남고자 노력하고 있으므로 폭넓은 공감대가 형성될 수 있는 주제였다. 이를 브이로그나 토크 형식으로 진지하게 풀어보자는 논의가 이어지던 중, 효정의 셀프캠으로 시작해보자는 의견이 나왔다. 효정은 누구보다 이 세상에서 살아남기 위해 노력중이었으니까. 효정은 여러 아이디어를 내더니 이내 울음을 터뜨렸다.

오   나한테 계속 뭔가 함께하자고 해줘서 고마워. 덕분에 더 살고 싶어져. 나는 암환자니까 이렇게 살고 싶어하는 마음은 어쩌면 큰 약점일지도 몰라. 그치만 목숨이 붙어 있는 한 이렇게 재밌는 것들을 계속하고 싶어.

며칠 후 효정은 유튜브 편집 알바를 시작했다. 집에서 심심하게 보내느니 소일거리라도 하겠다고 말했지만, 미래를 위해 지금부터 돈을 모아야겠다고 마음먹은 듯했다. 그러다 효정이 사용하던 맥북은 성능이 달린다며 아이맥을 사야겠다고 했을 때, 나는 처음으로 브레이크를 걸었다. 아이맥을 집에 들이는 순간, 소일거리는 중노동이 될 게 불을 보듯 뻔

했기 때문이다. 나는 효정을 말렸다. 아직 생활비가 모자란
것도 아닌데, 왜 벌써 일을 하려 하냐고. 아이맥을 사러 가던
여의도공원 한복판에서 효정은 소리쳤다. "이래야 나도 살
것 같단 말이야!"

　　나는 더이상 효정을 말리지 못했다. 효정은 무언가 꿈
꾸고 생산해야만 살아갈 수 있는 사람이었다. 내일이 있다
는 믿음으로, 효정은 최선을 다해 오늘을 살고 싶어했다. 그
렇게 오늘 하루를 충실히 살아내는 감각이 효정의 시간을 계
속해서 흐르도록 만들었다. 결국 연보라색 최신형 아이맥이
집으로 들어왔다.

　　함께 산 지 한 달 정도 지났을 때, 아파트 단지에 봄기운
이 물씬 풍겨왔다. 날이 따뜻해지자 얼었던 향동천의 물이
흐르고, 여기저기서 꽃들이 피어났다. 암환자에게 가혹했던
겨울이 지나고, 마침내 봄이 온 것이다. 그런데 어째선지 효
정이 잠들지 못하는 밤이 많아졌다. 효정은 위가 비어 있으
면 위산이 과다 분비되어 힘들어했기에 두세 시간 간격으로
간식을 먹었다. 그건 한밤중에도 마찬가지였다. 효정은 새
벽마다 깨어나 부드러운 빵이나 삶은 계란을 먹었다. 먹고
나면 소화를 시키기 위해 일정 시간 앉아 있어야 했으므로,
효정은 침대에 구부정하게 앉아 잠드는 날이 많았다. 컨디
션이 괜찮은 날도 있었지만, 잠을 제대로 이루지 못하는 날

들이 늘어나면서 효정은 조금씩 지쳐갔다.

그때부터 악순환이 반복되었다. 위산이 과다 분비되는 것을 방지하는 약을 먹으면, 그 약이 너무 독해 토를 했다. 그렇다고 약을 먹지 않으면 위액을 토했다. 항암 부작용이 겠거니, 곧 괜찮아지겠거니 하며 일주일을 보냈지만 증상은 나아지지 않았다. 아니, 오히려 더 심해졌다. 일주일이 더 지나니, 약이 아닌 것들을 먹고도 토했다. 사과를 먹고 토했을 땐 사과의 산성이 너무 강해서 그런가 싶었고, 김치찌개는 너무 매워서 그런가 했고, 아이스크림은 또 너무 차가워서 그런가 싶었다. 효정의 건강이 점차 악화되고 있다고 믿고 싶지 않았기에, 우리는 음식 탓을 했다.

그러나 음식과 구토 사이에 어떤 연결 고리도 찾을 수 없었고, 효정은 이제 뭔가를 먹기만 하면 토해내는 지경에 이르렀다. 힘겹게 찌워놨던 살이 순식간에 빠졌다. 40킬로그램이었던 효정의 몸무게가 36킬로그램에 근접해갔다. 위는 점점 딱딱해졌고, 불길하게도 아랫배가 조금씩 불러왔다(암성 복수가 다시 차고 있을 확률이 높았다). 살고 싶다던 효정의 얼굴에 어두운 그림자가 드리워졌다. 효정의 말수가 줄어갔다. 효정은 알바를 그만두었고, 그뒤로 연보라색 아이맥은 다시 켜지지 않았다.

어느 날은 집 앞 마트에서 함께 장을 보는데, 효정이 갑자기 주저앉았다. 다급한 얼굴로 뭔가를 찾는 듯하더니, 채소 코너에 걸린 비닐을 뜯어내 그 안에 토를 했다. 그간 바깥에서 예상치 못한 순간에 효정이 구토한 적은 단 한 번도 없었다. 자리에서 다시 일어난 효정은 혹여나 내가 수치스러울까봐 걱정했다. 지금 그게 문제냐고! 암이 효정의 일상을 뚫고 들어왔다.

그날 저녁, 식탁 앞에서 효정은 아기처럼 엉엉 울었다. 자기를 떠나지 말아달라고 했다. 사실 그건 내가 하고 싶은 말이었지만, 나는 이것 또한 다 지나갈 거니까 괜찮다고, 그럴 일 없으니까 걱정하지 말라고 말했다. 태양이도 걱정스러운 얼굴로 효정의 발 위에 자신의 앞발을 툭 얹었다. 그날 나는 설거지를 하면서 조금 울었다.

창밖의 녹음이 짙어질수록, 효정의 몸속에서 암세포가 증식해갔다. 어느새 항암 약에 내성이 생긴 것이었다. 효정이 좋아하는 노란 꽃이 향동천을 따라 활짝 피어났지만, 효정이 병원에 머무는 시간은 점점 더 길어졌다.

3장

잠시만
멈춰봐

어지러운 봄날

오효정

암 판정을 받은 후 나의 시간은 남들과 다르게 흘러갔다. 아픈 지 십 개월, 벚꽃이 만연한 4월인 지금 아직도 나의 몸은 겨울이다. 초반 육 개월은 몸이 극적으로 호전되고 부작용도 거의 없다시피 해 누구보다 빠르게 봄을 맞이할 것만 같았다. 그런데 어느 순간부터 다시 암세포가 증식하고 잦은 구토 증세로 일상생활이 힘들어졌다. 항암 부작용으로 조금만 걸으면 손발이 저리고 무뎌져 갓 태어난 송아지처럼 비틀대기도 했다.

찬바람이 나의 몸을 깊숙이 에워싸 꼼짝없이 묶여버렸다. 건강에 대한 나의 오만이 내 머리를 쾅 내리쳤다.

왜 아직도 나의 봄은 오지 않는가.

십 개월이란 긴 시간을 보내며 내내 추웠던 건 아니라고 믿고 싶기에, 그 안에서 구질구질하게 나의 봄을 찾아본다.

　　다른 항암 환자들보단 부작용 적네.
　　난 친구들이랑 여행도 갈 수 있어.
　　찬바람도 느낄 수 있네.
　　손발이 저리고 무뎌졌지만 걸을 수 있어.
　　심지어 태양이와 함께 이십 초 정도는 뛸 수 있어.
　　마트에 장을 보러 갈 수도 있어(하곤 마트 한가운데서 구토했다).
　　오늘까지도 살아 있어.
　　난 괜찮아, 괜찮아. 괜찮아.

누군가에게는 봄을 맞이하는 일이 당연하겠지만, 난 그 봄을 집요하게 찾아내야만 한다. 향동의 아파트 단지로 이사를 온 뒤, 나의 봄 찾기는 더 구차해졌다. 산책을 마치고 집으로 돌아가려는데 갑자기 피로감이 몰려와 그 자리에 주저앉았다. 호흡이 가빠져 정신을 차리려 가만히 앉아 주변을 둘러봤다. 길거리는 깔끔했고, 학생들과 주부들은 따스한 오후를 여유롭게 즐기며 길을 거닐고, 저녁 장을 보고 있었다.

　　그 모습을 지켜보는 동안 나는 아주 고독해졌다. 나만

이 이 하늘하늘한 오후를 즐기지 못하고 있구나. 난 살아남
기에 집중할 뿐, 물속 백조처럼 두 다리를 힘껏 내젓지 않으
면 암이라는 검은 호수에 잠식당할 것 같은데. 나 빼곤 모두
안전한 배에 탑승해 유유히 호수를 떠다니는 것 같았다. 그
들은 지금 이 순간이 결코 행복인 줄 모를 거라고 확신했다.
나도 이곳에서 그들과 나란히 공존하고 있다. 하지만 나는
언제 돈이 끊겨 전세 대출을 갚지 못해 쫓겨날지 모르고, 또
언제 죽음을 맞이할지 모른다.

　물론 이 초조한 마음이 나의 자격지심에서 비롯되었다
는 사실을 안다. 우리 동네는 산과 하천에 둘러싸여 있어, 내
가 살았던 그 어느 동네보다 공기가 좋고 아름답다. 나는 이
곳을 떠나고 싶지 않다. 그렇기에 한층 더 구질구질해진다.

　반대로도 생각해볼까. 남들이 지나쳐버리는 행복을 이
렇게라도 발견해내는 나는, 아주 약간의 봄기운마저도 사치
스럽게 느낄 수 있지 않을까. 살짝 부는 봄바람에도 감사함
을 알고, 아주 작게 움튼 새싹에도 미소를 짓고, 화려한 벚꽃
이 피기 전 고개를 든 들꽃에도 설렘을 느낄 수 있는 사람.

　난 행복과 불행의 중간에 있는 사람이다. 암환자들 사
이에선 호전 증세가 있고 부작용이 덜해 행복한 사람으로 취
급받고, 일반인들 사이에선 젊은 나이에 위암 4기 판정을 받
아 불행한 사람이 된다. 비록 지금은 나의 봄을 애써 찾아 헤

매며 무력함으로 무릎 꿇고 있지만, 구차해질지라도 미약한 봄을 찾아내고야 말아서 그 작은 행복을 사치스럽게 누릴 수 있는 인간으로 남겠다.

동생, 석준이에게

오
효
정

준아, 네가 이걸 읽을 때쯤이면 내가 이곳에 없다는 얘기겠
지?

평생 읽을 일이 없으면 좋겠지만, 사람은 누구나 죽음
을 향해 달려가니까 힘들게 살아온 만큼 좀더 일찍 편하려고
갔나보다 생각해주면 좋겠다.

내가 굳이 너에게 글을 남기는 이유는, 네가 믿을 만한
사람이라서야. 그리고 네가 우리 가족을 지킬 수 있는 사람
이라고 믿어서야. 그러니 부디 덜 슬퍼하고 더 단단하게 나
아가길 바라.

일단 누나 하나은행 통장에 돈이 좀 있을 거야. 비밀번
호는 ****. 많진 않을 텐데 나중에 꼭 필요한 데 썼음 좋겠
어. 혹시 엄마, 아빠가 아프거나 너나 큰누나가 아플 때를 꼭

대비해.

그리고 장례식 사진은 부디 카톡에서 나에게 보내는 메시지에 보내놓은 몇 장의 사진 중 하나로 부탁한다…… 무표정한 증명사진 올리지 말고 사람들이 인사하러 왔을 때 하하, 그래 효정인 저랬지! 하는 사진이면 좋겠어.

태양이는 엄마가 있는 곳에 있게 해줘. 그리고 누나라고 생각하고 자주 들러 보살펴줘. 그리고 태양이한테도 미안하다고 전해줘. 애초에 태양이를 데려올 때 누나가 떠나면 엄마가 너무 외로워질까봐 데려왔거든. 그러니 계속해서 정신없게 본인의 직무를 다하라고 해주렴. 그리고 태양이가 떠날 날이 오거든 내 옆에 사진 하나 놔주면 좋겠다!

장례식에 손님을 초대할 땐, 카톡에서 최근 대화한 사람들 중 2023년 6~12월 정도에 연락한 사람들한테 돌리고, 그들에게 다른 사람들한테도 전달해달라고 하면 대충 될 거야. 누나가 프리랜서라 그들이 전하고 전해야 많은 사람들이 올 거다. 뭐, 많은 사람들이 꼭 오길 바라지 않는다만. 가족들이 정신없이 보낼 만큼은 왔음 좋겠다. 너무 슬퍼하지 않게.

꼭 왔음 하는 사람들은 져니, 조하나, 구민정 피디님, 전민희 작가님, 김여원 작가님, 이지현 작가님, 수아 피디님, 새둥지라고 써 있는 단톡방 친구들(송승현/윤강민/양송이), 강신욱, 우예빈, 임현욱 선배, 조나현 팀장님, 이상현, 오지혜, 극예술연구회 친구들, 조용원, 정소미, 김혜빈, 심우진 오빠.

뭐, 더 많지만 이 사람들은 꼭 보러 와줬음 좋겠다고 전해줘! 내 인생에 고마운 일을 남겨준 사람들이라 덕분에 좋은 기억 안고 떠난다고. 고마웠다고. 당신들이 힘든 날, 보이지 않아도 옆에서 지켜주겠다고 꼭 전해줘.

특히 내 룸메! 민정 피디님이 아주 아주 힘들어할 거야.

너도 알다시피 무지 여린 사람이잖아ㅎㅎ 꼭 당신 탓 아니라고 해줘. 오히려 덕분에 오래오래 살다 가는 거라고. 옆에서 쪼잘대는 애 없어졌으니 심심하면 울 엄마한테 밥 얻어먹으러 오라고 해줘. 태양이 간식도 좀 사주고ㅎㅎ

더 넓은 세상을 조금이라도 더 보고 가게 해줘서 고맙고, 취향이 맞는 사람을 만나 행복했다고 꼭꼭 전해주렴.

엄마는. 엄마는 평생 힘들어하겠지? 그 어떤 말로도 위로가 안 될 거야. 누난 평생 불효녀로 남겠지. 그치만 아팠던 덕분에 엄마랑 너랑 그리고 아빠, 언니 다 같이 시간을 많이 보낼 수 있어서 행복했다고 해줘. 그리고 엄마의 사랑이 뭔지 몰랐는데 조금은 알고 가서 다행이라고 꼭 전해줘. 엄마의 꽃게탕과 고구마줄거리찌개는 최고리고! 내 제시상엔

꽃게를 꼭 올려달라고 해줘. 항암 땜에 간장게장 못 먹은 게
한이다ㅠㅠ

마지막으로 준아.

앞으로 힘든 날도 행복한 날도 무지 많을 거야. 마음이
여린 네가 늘 걱정됐지만 너랑 시간을 보내며 꽤 단단한 동
생이란 것도 알게 됐지. 그러니 힘든 날은 덤덤하게 지나 보
내고, 행복한 날은 말랑말랑한 마음으로 실컷 즐기렴! 매년
건강 검진 꼭 받고. 80퍼센트만 열심히 살아. 주말엔 꼭 여친
을 만나거나, 여행을 떠나거나, 영화나 전시를 봐. 20퍼센트
는 꼭 휴식에 쓰렴.

사실 너의 인생이 80이고, 일이 20이어야 하는데.

왓 더 헬! 세상에 그게 쉽겠니……? 누구보다 잘 안다.
그리고 누군가의 기대를 충족하며 살지 않아도 된다는 걸 명
심해. 너의 삶은 너의 것일 뿐이야.

이 편지를 보고 이것저것 해야 할 땐, 누나가 갑작스럽
게 떠났을 때일 거라 정신없겠지만.

너 아니면 정신차릴 사람이 없다! 그러니 이것저것 잘
정리해주고, 우리 가족 잘 돌봐줘. 사랑한다! (오윀.)

168

두상도 이쁘네!

구민정

정신없는 4월이었다. A 병원 밖은 앞다퉈 피어나는 꽃들 속에서 봄을 즐기는 인파로 붐볐다. 병원 안은 의료 파업 탓에 어수선한 분위기 속에서 환자들이 초조하게 대기중이었다. 당직과 외래 진료를 병행하던 효정의 주치의는 피곤으로 찌들어 있었다. 세 시간을 기다려 겨우 진료실에 들어갔지만, 신경이 잔뜩 곤두선 그에게 질문 하나 하기 어려웠다. 왜 하필 이 중요한 시기에 정부와 의사는 싸우는 것이며, 왜 그로 인해 환자가 눈치를 보고 피해를 입어야 하는가. 이 모든 상황에 환멸을 느꼈지만, 그런 감정에 빠질 여유는 없었다. 효정의 상태가 하루가 다르게 나빠지고 있었다. 휠체어에 의지해 들어와 힘겹게 말을 내뱉는 효정에게 의사는 도저히 못 버티겠냐며, 입원하겠냐고 물었다. 선택의 여지가 없었다.

입원하자마자 각종 검사와 CT 촬영을 진행했다. 폐에 뭔가 보인다고 했다. 항암제의 부작용이거나, 폐렴이거나, 폐 전이일 가능성이 있다고 했다. 항암제의 부작용이라면 그나마 희망적이었지만, 면역력이 떨어져 있는 암환자에 폐렴은 치명적이었고, 폐 전이일 경우는 절망적이었다. 일단 폐렴에 무게를 두고 항생제 치료를 시작했다. 복수를 빼내기 위한 배액관 시술도 했다. 배액관은 체내의 액체를 배출하기 위한 관인데, 배에서 나오는 줄을 계속 달고 다녀야 하기 때문에, 효정은 그동안 주사로 복수를 뺐다. 하지만 주사로 더는 감당이 안 될 정도로 매일 복수가 차서 결국 효정은 배액관 시술을 해야만 했다. 확실히 매일 차오르는 복수를 관리하기는 훨씬 수월해졌다. 효정이 환자의 모습에 더욱 가까워졌을 뿐.

복수를 빼니 먹을 때마다 토하진 않았다. 다행히 효정은 늘 먹고픈 게 있었다. 하루는 냉면이 먹고 싶다고 했다. 병원 밥은 대체로 맛이 없었고, 입원 병동이 너무 덥기도 했다. 냉면과 휴대용 선풍기를 사러 병원을 나섰다. 바깥으로 나오니 갑자기 세상이 너무 밝고 푸르게 변했다. 억울하고 야속했다. 흑백의 무성영화에서 푸르른 청춘 영화로 장르가 바뀌는 듯했다. 우리를 빼놓고도 세상은 아무렇지 않게 돌아가고 있었다.

얼음이 녹지 않도록 공수해 온 냉면을 효정은 몇 젓가락 겨우 집어 먹었다. 시원하게 국물도 마셨다. 그러고는 행복해했다. 냉면을 먹는 건, 무더운 날이면 아무렇지 않게 해왔던 사소한 일상인데, 이제는 그 모든 게 새삼스럽게 느껴졌다.

사흘간 항생제와 수액을 맞으니 효정의 컨디션이 한결 나아진 듯했다. 다시 암세포를 죽이기 위한 항암 치료제가 효정의 몸에 투여됐다. 십여 개월간 효과를 보였던 1차 항암제에 내성이 생겨서, 2차 항암제(탁솔＋사이람자)로 바꿨다. 2차 항암제는 주기를 더 짧게 해서 일주일 간격으로 맞아야 한다고 했다. 삼 주마다 맞는 것도 고역이었는데, 매주 항암 치료를 어떻게 받나 하는 생각도 잠시, 케모포트에 내리꽂히는 항암제를 보며 효정은 또 어떤 새로운 부작용이 나타날지 두려움에 떨고 있었다.

그런데 항암 치료를 받자마자 퇴원을 해야 한다고 했다. 입원 병동에는 더 위급한 환자가 들어와야 하기 때문에 자리를 비워줘야 한다는 것이었다. 효정은 여전히 기침이 계속되고 있었고, 그 원인이 약의 부작용인지, 폐렴인지 폐전이인지도 알지 못하는 상황이었다. 대체 얼마나 더 위중한 상태가 되어야 입원 치료를 받을 수 있단 말인가. 억울했지만 환자는 늘 병원에서 을이 될 수밖에 없다. 그길로 퇴원해 집으로 왔다. 효정의 어머니는 다시 일을 그만두시고 효정의 집으로 올라오셨다.

효정의 기침이 계속되었다. 아니, 더 심해졌다. 효정은 어머니의 밥을 몇 숟가락 넘기지 못하고 토해냈다. 인터넷에 찾아보니 암환자가 폐렴을 제대로 치료하지 못하면 패혈증으로 이어져 사망 위험이 높아진다는 내용이 있었다. 하루하루 심해지는 효정의 기침 소리에 어머니도 나도 마음이 초조해졌다.

며칠 후 외래 진료에서, 주치의에게 기침 증상이 심해지는데 다시 입원시켜줄 수 없냐고 물었다. 의사는 우리가 무슨 대단한 특권을 요구하는 것인 양 "안 되죠" 하고 답했다. 2차 병원을 연계해줄 테니 거기서 폐렴 치료를 받으라고 했다. 그것도 당장은 힘들고 연락을 줄 테니 기다리라고 했다. 효정의 얼굴에 그늘이 더 짙어졌다.

연락을 기다리다가 우리는 하루 뒤 결국 다시 병원 응급실로 향했다. 응급실로 들어가면 입원할 수 있을까 해서였다. 하지만 응급실 앞에서 효정은 또 가로막혔다. 당장 위급한 뇌심혈관계 환자가 아니면 서너 시간을 앞에서 기다려야 한다고 했다. 효정은 밖에 서서 기다릴 수 있는 컨디션이 아니었다. 어쩔 수 없이 주변 2차 병원을 검색해 응급실로 향했다. 응급실에는 보호자 일인만 동반할 수 있어서 어머니께서 효정을 휠체어에 태워 들어갔다.

　그런데 그 이후가 가관이었다. 응급실 문 앞에는 의사 세 명이 앉아 있었는데, 환자의 상태를 보고 환자를 받을지 말지 결정한다고 했다. 효정이 A 병원에서 항암 치료중이고, 폐렴 증세가 심해져 치료를 받으러 왔다고 했더니 세 명의 의사는 비릿한 웃음을 지었다. 그렇게는 안 되고, 자기네 병원도 항암 치료를 하니까 A 병원 치료를 아예 포기하고 여기로 옮기면 입원시켜준다고 했다. 병원을 옮기면 또 모든 검사를 다시 수행해야 하고, 치료 계획도 다시 세워야 한다. 효정은 당시 그럴 체력도 안 되었을뿐더러, 십여 개월간 자신을 치료해온 주치의를 저버릴 수 없었다. 주치의도 같은 마음이었는지는 모르겠지만.

　결국 효정인 또 입원하지 못한 채 응급실 밖으로 나왔다. 효정이 결국 울음을 터뜨렸다. 이렇게 아픈데도 치료받을 수 없는 게 서럽고 비참했을 것이다. 효정은 그때 마음이 다쳤다. 나의 마음에도 울분과 눈물이 동시에 차올랐다. 왜 환자는 병원에서 더 비참해지는가. 효정은 그런 취급을 받아서는 안 되었다. 급한 대로 주변 병원에 전화해보니, 집 앞에 있는 요양 병원에 한 자리가 비었다고 해 겨우 입원했다. 입원해서 영양 보충을 위한 영양제를 맞고, 폐렴 치료를 받았다. 그런데 효정의 머리카락이 빠지기 시작했다. 이번에 바꾼 2차 항암제의 대표적인 부작용이 탈모라더니, 일주일이 지나자 머리카락이 듬성듬성 빠지기 시작했다. 효정은 머리카락이 너무 빠지자 청소하기 힘들겠다며 요양 병원에 미안해했다. 그래서 효정은 삭발을 결심했다.

*

어느덧 5월 중순에 접어들고 있었다. 비가 억수같이 쏟아지던 날, 효정은 오랜만에 병원 밖으로 외출했다. 어머니는 가고 싶어하지 않으셨지만 효정이 원했다. 결국 나의 차를 타고 셋이 함께 미용실로 향했다. 혹여나 사람들이 쳐다볼까봐 일부러 동네에서 제일 작은 미용실로 갔다. 다행히 그 시간엔 우리밖에 없었고, 효정은 덤덤하게 자리에 앉아 삭발을 해달라고 말했다. 사실 효정에게 머리카락은 효정으로 존재할 수 있는 최후의 보루 같은 것이었다. 항암 치료를 받을 때에 숱한 부작용을 겪으면서도 "그래도 나는 머리는 안 빠졌으니까" 하고 말하곤 했다. 환자처럼 보이는 걸 원하지 않았지만, 이제 그 최후의 보루마저 무너뜨려야 하는 시간이 온 것이다.

　　미용사가 바리캉을 손에 쥐자 효정의 눈시울이 빨개졌다. 미용사는 숙련된 솜씨로 신속하게 머리를 밀었고, 효정의 큰 눈에서 눈물이 후드득 떨어졌다. 그 모습에 어머니도

눈물을 훔치셨다. 나는 그 장면을 영상으로 찍었다. 왠지 이
순간을 담아놔야 할 것 같았다. '효정인 언젠가 반드시 나을
것이므로, 이건 반전을 위한 최후의 위기 장면이야'라고 되
뇌었다. 떨어지는 효정의 까만 머리 사이로, 새하얀 두피가
드러났다. 차분하게 머리를 밀던 미용사의 눈에도 눈물이
맺혔다. 거울로 연신 눈물을 훔치시는 어머니의 모습이 보
였다. 효정이 긴 머리를 고수하고자 노력했던 시간이 허무
하리만큼, 삭발은 오 분도 채 걸리지 않았다. 머리를 다 밀고
나니, 효정이 부러 농담을 했다.

오   석준이 군대 갈 때 모습이랑 똑같아.
(실제로 효정은 남동생과 많이 닮았다.)
어머니 이제 진짜 환자가 됐네……
구   근데 진짜 두상도 이쁘네! 아니, 삭발 잘 어울리는
        데?

우리는 각자 다른 말을 하며 애써 태연한 척했다. 삭발한 효
정은 왠지 더 의연해 보였고, 어머니는 전형적인 암환자의
모습이 된 효정을 보며 눈물을 삼키셨다. 나는 괜히 시답잖
은 소리를 하며, 효정의 두상을 칭찬했다. 분위기를 환기하
려고 한 말이었지만, 효정의 두상이 진짜 예쁘긴 했다. 스님

이 안 된 게 억울할 정도로……

효정은 어머니의 손을 꼭 잡고 미용실을 나섰다. 외투 주머니엔 효정의 배와 연결된 배액관이 담겨 있었다. 효정은 이제 영락없이 환자의 모습이 되었고, 더이상 괜찮은 척할 수가 없었다.

며칠 뒤 다시 항암 치료를 하러 A 병원에 갔다. 주치의는 효정의 경과를 보더니, 폐렴이 아닌 폐 전이인 것 같다며 여명을 이야기했다. 한 달. 효정에게 주변 정리를 하라고 했다. 거센 슬픔의 파도가 효정을 덮쳤다. 그건 효정의 인생에서 단 한 번도 본 적 없는 거대한 파도였다. 효정과 어머니의 눈물이 바다를 이뤘다. 주변 섬을 배회하다가 제자리로 돌아갈 수 있을 줄 알았건만, 너무 멀리 흘러와버렸다. 더이상의 항암 치료는 효과가 없다는(곧, 치료를 포기하자는) 의사의 말에, 어머니는 한 번만 더 해보자고 애원하셨다. 의사는 효정에게 직접 결정하라고 말했다. 어머니의 간절한 눈을 본 효정은 치료를 포기할 수 없었다.

요양 병원에서 짐을 챙겨 나오는 길에, 효정은 자동차 창문을 열고 꽃향기를 맡았다. 세상은 여전히 밝고 푸르렀다. 효정이 아버지에게 말했다. "아빠, 저 꽃 너무 이쁘지 않아?" 길가엔 들꽃이 활짝 피어 있었다. 아버지의 시야가 더 뿌예졌다.

　　마지막으로 입원해서 삼 일간 항생제와 항암제를 온몸에 때려 부었다. 폐렴이든, 폐 전이든 다 사라지고 제발 기적이 일어나길 바라면서. 그 독한 약들을 꾸역꾸역 견뎌내는 효정의 신음을 비집고 옆 침대에서 고통에 절규하는 여자의 목소리가 들려왔다. 여자는 하루종일 아프다고 소리쳤다. 암 중에서도 가장 고통스럽다는 뼈 전이 환자였다. 마약성 진통제인 모르핀으로도 통증 조절이 안 될 정도로 심한 고통을 느끼는 듯했다.

　　그 고통이 효정에게 그대로 전해졌다. 효정은 과연 자신이 그와 다를 수 있을지, 암 병동의 중환자들과 다른 결말을 맞이할 수 있을지 자신이 없어졌다. 어머니가 나에게 말씀하셨다. 사람의 목숨은 마음대로 되는 게 아니니, 마음의 준비를 해야 할 것 같다고. 효정은 담담하게 본인의 유산 정리를 했다. 어느새 효정의 '재산'은 '유산'이 되어버렸다.

　　그후 병원에서는 또 퇴원을 종용했다.

　　효정은 좀더 멀리 떨어진 요양 병원으로 거처를 옮겼다.

초여름 복숭아 한입

구민정

수도권의 요양 병원으로 옮기고 나서, 효정의 폐는 매일 점점 더 나빠졌다. 힘겹게 투여했던 2차 항암제도 별다른 효과가 없었다. 더이상 제대로 기능하지 않는 효정의 위는 액체를 제외한 모든 음식을 토해냈다. 효정의 몸에 여러 개의 줄이 달렸다. 영양제와 진통제와 항생제가 줄줄이 들어갔다. 효정의 몸무게가 34킬로그램에 근접했다. 37킬로그램일 때에도 저 몸으로 어떻게 세상의 무게를 버티며 살아가나 싶었는데, 덜컥 겁이 났다. 저렇게 계속 몸무게가 빠지다가 어느 날 효정이 세상에서 사라지게 될까봐 두려웠다.

　폐로 전이가 되기까지 왜 의사는 미리 알아채지 못했나. 왜 진작 약을 바꾸지 않았나. 분노와 원망이 차올랐지만 이미 엎질러진 물이었다. 약에 대한 내성을 판단하고 바꾸는 시기는 전적으로 주치의의 판단에 달려 있고, 그 또한 의사마다 다르다고 했다. 한 사람의 소중한 생명이 누군가의 판단에 좌우된다는 게 억울하고 허무했다. 의사는 호스피스•를 알아볼 것을 권했다.

인터넷 카페 〈아름다운 동행〉에 들어갔다. 검색어 창을 클릭하니, 그간 내가 입력했던 검색어들이 보였다.

위암 4기 전환 수술

구토

복수

배액관

폐렴

2차 항암제

위암 임상

폐 전이

폐 전이 예후

호스피스

항암 치료 후 언젠가 전환 수술로 완치될 거라는 희망을 품

• 말기 시한부 환자의 통증 완화 치료를 위한 특수 요양 병원. 환자가 편안하고 인간답게 죽음을 맞이할 수 있도록 돕는다.

었던 지난 3월로부터 두 달이 흐른 지금, 호스피스에 대해 알아보고 있는 현실이 믿기지 않았다. 여러 사례를 찾아보니, 호스피스에 입원했다가 두 달 뒤 멀쩡하게 다시 걸어 나왔다는 환자도 있었다. 그 희박한 가능성에 기대어 효정에게도 제발 기적이 일어나길 바랐다.

그러나 효정은 자신의 몸 상태를 받아들였다. 효정은 이제 자신의 삶을 정리하기로 마음먹었다. 주변 사람들에게 문자로 마지막 인사를 남긴 후, 연락을 모두 차단했다. 가족과 나를 제외한 아무도 만나지 않았다. 환자가 되어버린 자신의 모습을 보여주고 싶지 않은 마음도 있었을 것이고, 구구절절 작별 인사를 하는 과정 자체가 감정적으로 버거웠을 것이다. '여명'이라는 말을 듣고서 한바탕 눈물을 쏟아내고 난 후, 효정은 단 한 번도 소리 내어 울지 않았다. 효정은 이상하리만치 빠르게 마음을 정리했다. 마치 오래전부터 이 순간을 준비해온 사람처럼.

어머니는 효정에게 애써 참지 않아도 된다고 말씀하셨다.

어머니 괜찮으니까 울고 싶으면 실컷 울고, 하고 싶은 말이 있으면 마음껏 해.

오   엄마. 나 진짜 괜찮아. 더이상 미련 없어. 살면서 하

고픈 일도 실컷 해봤고, 남들이 못 가본 해외여행도
많이 다니고. 행복했어. 엄마랑 민정 피디님 때문에
여기까지 버틴 거야. 나 때문에 이 병원 저 병원 보
따리 싸 들고 다니게 해서 미안해.

오히려 울게 된 쪽은 어머니였다. 효정은 그런 모습을 외면
하며 고개를 돌렸다.

　어느덧 6월에 접어들었다. 효정의 병실은 삼층이었는
데, 창문 너머로 연둣빛의 나뭇잎들이 보였다. 창문을 열면
새소리도 들렸다. 그래서 효정은 그 병실을 좋아했다. 특히
의사나 간호사가 요란스럽게 굴지 않아서 더욱 마음에 들어
했다. 창문으로 들어오는 햇살이 조금씩 더 길어졌다. 여름
이 다가오니 효정은 복숭아를 먹고 싶어했다. 다행히 6월 첫
주에 하우스 복숭아가 출하됐다.

　효정은 복숭아를 한입 베어물더니 세상을 디 기진 듯
한 표정을 지었다. 씹어 목으로 넘길 수는 없었지만, 맛볼
수 있다는 것만으로도 행복해했다. 삼 주 가까이 영양제로
만 버티고 있었으니, 고열량의 단 음식이 더 당기는 것 같았
다. 어느 날은 푸딩이 먹고 싶다 하여 푸딩을 사다 주었다.
또 어느 날은 식혜가 먹고 싶다 하여 어머니가 직접 식혜를
담가 오셨고, 먹고픈 아이스크림도 종류별로 구비해놓았다.

효정이 무언가를 먹고 싶어한다는 사실이 못내 고맙고 반가웠다.

하루는 효정과 복도를 걷다가 물었다.

구　　만약에 오늘이 인생의 마지막날이면 뭘 하고 싶어?

오　　이미 그런 마음으로 살아. 뭘 물어.

구　　그래도…… 뭐 하고 싶은 거 없어?

오　　라면이랑 팥빙수 먹고 잘 거야.

효정은 먹고 싶지만 먹을 수 없는 음식들 때문에 유튜브로 먹방을 보았다. 대리 만족을 위해서라고 했지만, 일부러 아무런 생각도 하지 않으려는 것처럼 보이기도 했다. 그런 효정의 모습이 낯설었다. 효정은 자신에게 더이상의 내일이 없다고 받아들인 듯 보였다. 절망이 가득할 때에도 생의 의지를 포기하지 않던 효정이 자신의 마지막을 준비하고 있었다. 효정에게 희망과 내일을 이야기하는 건 말 그대로 희망 고문일 뿐이었다. 효정은 하루종일 라면과 간장게장 먹방을 보았다.

그사이 효정의 산소 포화도가 더 떨어졌다. 자가 호흡이 힘들어져 인위적으로 산소를 공급하는 콧줄을 달았다. 점점 더 심해지는 기침과 가래로 효정은 말하는 것조차 힘겨

워했다. 그즈음 어머니와 나도 끝내 공격적인 치료(항암 치료)를 포기했다. 호스피스 전문 병원으로의 전원을 알아보다가, 효정이 좋아하던 그 병실에서 호스피스 치료를 받기로 했다. 다행히 그 요양 병원에서도 호스피스 치료를 제공하고 있었다. 호스피스 치료의 목적은 통증 완화였다. 마약성 진통제인 모르핀으로 암성 통증을 조절하여 효정의 얼마 남지 않은 시간을 고통스럽지 않게 만들고자 했다. 절대 보고 싶지 않았던, 효정의 마지막이 다가오고 있었다.

인터넷 카페 〈아름다운 동행〉에서 '임종 증상'을 검색했다. 손바닥이나 발바닥이 푸르게 변하는 청색증부터, 호흡이 불규칙해지는 체인스톡 등 여러 임종 전 증상들이 있었다. 나는 누군가 올린 청색증 사진을 보는 것만으로도 무서워졌다. 나는 죽어가는 효정을 지켜볼 자신이 없었다.

때마침 일주일 정도 해외 출장이 예정돼 있었다. 오래전부터 잡혀 있던 일정이었지만, 시기가 그렇게 맞물렸다. 효정에게 "가지 말까?" 하고 물어보니 제발 그러지 말라고 했다. 내가 조금이라도 더 행복한 순간을 느꼈으면 좋겠다고.

어쩌면 해외에서 효정의 부고를 들을 수 있다는 사실을 알면서도 나는 해외로 떠났다. 믿고 싶지 않은 현실로부터의 도피였다. 그래야 나도 살 수 있을 것 같았다. 그러면서도

내가 다시 돌아올 때까지 부디, 기다려달라고 했다. 효정이
죽어가던 시간은 오로지 어머니의 몫이 되었다.

일주일간의 도피

해외 출장지는 캐나다 반프(Banff)였다. 효정과 공동 연출한 작품이 세계 3대 방송 시상식인 〈2024 BANFF ROCKIE AWARDS〉에 노미네이트 되어 초청을 받았다. 반프는 캐나다 록키산맥 안에 있는 주요 관광 도시이고, 시상식이 열리는 여름은 성수기였다. 때문에 숙박료가 워낙 비싸기도 했고, 예전에 캠핑카로 반프를 여행했던 경험도 있어서 나는 이번에도 캠핑카를 빌렸다. 시상식에 참여하고 겸사겸사 캠핑카로 록키산맥도 둘러보고 올 계획이었다. 작품에 시나리오 작가로 참여한 천선란 작가님과 강신욱 조연출, 배지원 작가님도 함께 갔다. 원래 계획에서 빠진 건 효정뿐이었다.

오랜만에 공항에 가니 약간 설렜다. 들뜬 발걸음으로 뉴욕행 비행기로 향하던 효정이 계속 겹쳐 보였지만, 최대한 떠올리지 않으려고 했다. 효정은 잘 다녀오라고, 사진도 많이 찍어 보내달라며 문자를 보내왔다. 의식적으로 반프에 가서 할 일들을 계속 떠올렸다. 비행기 안에서 나는 새로운 일에 몰두했다. 시상식에서 피칭할 새 기획안을 손보았다.

해외 시상식엔 전 세계에서 온 감독, 작가, 프로듀서부터 방송사·제작사 대표까지 다양한 관계자들이 참석한다. 그래서 시상식은 수상을 축하하는 자리이면서, 새로운 네트워크의 장이 되기도 한다. 작품이 노미네이트 된 제작자들이 온다는 건 어느 정도 실력이 검증된 이들이 참여한다는 뜻이기에, 캐나다 CBS와 미국 NBC, 넷플릭스, 영국 BBC, 호주 PBS 등 세계 유수 방송사·제작사의 투자·배급 결정권자가 이곳으로 온다. 새로운 작품의 기획안을 찾는 방송사·제작사의 투자·편성 담당자와, 새로운 작품의 펀딩을 원하는 프로듀서, 작가가 매칭될 수 있는 장이 형성되는 것이다. 미디어 페스티벌이 진행되는 사 일간 수천억이 넘는 제작비의 향방이 결정된다.

우리는 이 기회를 적극 활용하기로 했다. 사전 회의를 통해 대자연을 배경으로 펼쳐지는 사랑 이야기를 시놉시스화 하여 PPT로 만들었다. 이 작품에 펀딩, 배급을 따 오거나 공동 투자를 이끌어내는 게 우리의 목표였다. 시상식에 참여하는 해외 유수 방송사의 투자 책임자들과 온라인 플랫폼을 통해 미리 미팅을 잡았다. 외국인에게 기획안을 피칭해본 적도 없고, 영어를 잘하지도 않지만 일단 도전해보기로 한 것이다.

반프는 내가 기억하는 모습 그대로였다. 청명한 하늘과 푸르른 산, 활기찬 상점과 여유로운 사람들. 여름을 도시로 형상화한다면 아마도 반프일 거라고 나는 생각했다. 하지만 풍경을 감상할 겨를도 없이, 우리는 반프에 도착하자마자 캠핑카를 몰아 바로 시상식이 열리는 호텔로 향했다. 캠핑카를 주차하고 부랴부랴 정장으로 갈아입은 뒤 미팅 장소로 향했다. 그곳은 기획안을 피칭하는 사람들로 붐볐고, 그들의 열정적이고 진지한 태도는 우리를 긴장시켰다.

곧 우리의 첫 미팅 상대가 도착했다. 캐나다의 대형 제작사 부사장이었다. 직함과는 달리 굉장히 편안한 인상이었다. 간략하게 인사를 하고, 새로운 기획안에 대한 피칭을 시작했다. 순간 그의 눈빛이 날카로워지는 게 느껴졌고, 우리는 더욱 긴장했다. 첫 피칭인 만큼 모든 게 엉성했지만, 그는 미소를 잃지 않고 우리의 이야기를 끝까지 경청했다. 자기 회사의 스크립트 담당자에게 기획안을 전달해주겠다며 행운을 빈다고 했다. 그의 태도는 나이스했지만, 피칭이 통하지 않았다는 건 직감적으로 알 수 있었다.

첫 미팅을 마친 후 우리는 시내로 나와 보우강을 따라

걸었다. 따사로운 햇빛 아래 관광객들이 여유로운 오후를 즐기고 있었다. 윤슬이 반짝이는 강을 바라보며, 우리는 앞으로 남은 미팅에서 뭘 어필할지 이야기했다. 깎아지른 듯한 설산과 푸른 하늘이 우리 앞에 펼쳐졌지만, 우리는 그 풍경과는 무관하게 계속 일에 대한 이야기만 나누었다. 효정이 떠오를 틈을 만들지 않으려는 듯이.

저녁에 캠핑카를 끌고 캠핑장에 체크인한 후, 천선란 작가님과 함께 주변을 산책했다. 건너편 커다란 산에 나무가 빽빽이 들어차 있는 게 보였다. 나무가 저렇게 많을 수도 있나 싶을 만큼 이상하리만치 촘촘하고 짙었다. 나무의 개수를 찬찬히 헤아리다가 우리는 둘 다 말을 잃었고, 우리가 대화하지 않으니 아무런 소리도 들리지 않았다. 갑자기 적막이 찾아왔다. 효정이 생각났다. 하루 만에 너무 다른 공간에 있으니 기분이 이상했다. 풍경도, 일도 비현실적이어서 꿈을 꾸는 것처럼 먹먹했다. 효정에게 시내에서 찍은 사진들을 보냈다. 시차 때문에 한참 뒤에나 확인할 터였다.

그후 이틀 동안, 우리는 새벽 네시에 일어나 아침을 해먹고, 캠핑장 샤워실에서 씻고, 캠핑카를 무료 주차장에 주차한 뒤 산을 넘어 시상식이 열리는 호텔로 향했다. 우리는 일곱 번의 기획안 피칭을 더 했다. 해외 투자자들이 한국 콘텐츠에 기대하는 바는 사실 명확했다. 〈오징어 게임〉〈기생

충〉등이 그들이 한국 콘텐츠에 기대하는 스테레오타입이었다. 미국의 한 투자 담당자는 대놓고 자극적이고 폭력적인 콘텐츠를 원한다고 이야기했다. 그의 입장에서 우리의 기획안은 너무 심오하고 아름다운 이야기였고, 그런 콘텐츠라면 굳이 아시아에서 아시안 배우로 제작할 필요가 없다고 여기는 듯 보였다. 피칭을 거듭할수록 벽을 느끼고, 힘이 빠졌다. 하지만 우리는 그럴수록 파고들었다. 이것마저 포기할 수는 없었다. 아니, 이거라도 해내야 할 것 같았다.

마지막날 밤에는 시상식이 열렸다. 약 삼백여 명의 사람들이 참석했는데, 그중 동양인은 나를 포함해 열 명이 채 안 되었다. 나는 더욱 고독해졌다. 나도 여기에 자연스레 속하고 싶다는 생각이 들면서도, 나는 절대 이 집단에 속할 수 없을 것 같은 느낌을 받았다. 해외 시장은 서양인들이 완고하게 주축으로 자리매김하고 있었고, 내가 끼어들 자리는 없어 보였다. 드라마부터 다큐멘터리, 쇼, 리얼리티 등 삼십여 개 부문에서 시상했고, 그중 BBC가 열 개 부문 이상을 휩쓸어갔다. 우리 작품도 버라이어티 부문에 노미네이트 되었지만, 본상 수상은 불발됐다. 시상식까지 마치고 나는 완전히 지쳐버렸다.

강력한 흥분과 긴장감이 휩쓸고 간 후에 우리는 약속이나 한 듯 감기에 걸렸다. 아침저녁으로 쌀쌀해지는 날씨에

나흘간 캠핑카에서 생활하면서 다들 더욱 지친 듯했다. 쉬어 갈 타이밍이었다. 우리는 반프 시내에 하루 숙소를 잡고 각자 휴식 시간을 가졌다. 나와 천선란 작가님은 코인 빨래방에 갔다. 빨래를 돌리고, 카페에 앉아 따뜻한 차를 주문했다. 그제야 좀 정신이 돌아왔다. 효정에게 연락했다. 한국은 이른 아침이었는데도 바로 답장이 왔다.

오   나는 폐가 좀더 안 좋아졌어. 힘이 없어서 가래를 못
       뱉어.
구   거기 지금 새벽 여섯시인데 잘 못 자나보네…… 힘이
       많이 빠졌구나……
오   제발 고통 없이 떠나게 해줬음 좋겠어. 너무 힘들다.

문자에서 그의 고통이 그대로 전해졌다. 하지만 내가 해줄 수 있는 건 없었다. 그 순간 나는 무력했고, 무서웠다. 도무지 내가 통제할 수 없는 일들이 나에게 일어나고 있었다. 노력과 마음만으로 해결할 수 없는 일도 있다는 걸, 나는 비로소 몸으로 받아들이고 있었다. 죽음이 효정을, 나를 잔인하게 짓밟아가고 있었다. 그 자리에서 한참을 울었다. 아직 한국에 돌아가기까지는 삼 일의 시간이 남아 있었다.

    그다음 날, 우리는 캠핑카를 타고 록키산맥 북쪽으로

올라갔다. 세계 십대 드라이브 코스로 불리는, 230킬로미터
가 넘는 아이스필드 파크웨이를 계속해서 달렸다. 도로 양
쪽으로 에메랄드빛 강이 보였고, 폭포와 호수, 빙하와 푸르
른 하늘이 끝도 없이 펼쳐졌다. 봐도 봐도 질리지 않는 멋진
풍경이었다. 그 계속되는 풍경 앞에 효정의 사진이 놓여 있
었다. 나는 한국에서 효정의 사진을 가져와 캠핑카 창문 사
이에 올려놓았다. 사진으로라도 효정과 함께 온 듯한 기분
이 들었으면 했다.

　사진은 이곳에서 효정의 부고를 들을 경우를 대비해 가
져온 것이었다. 캐나다로 떠나기 전, 천 작가님은 내가 가고
싶지 않다면 한국에 있어도 괜찮다고 말했다. 나는 갈 것이
라고 했다. 나는 어떻게든 효정의 죽음을 유예시키고 싶었
다. 사진을 챙겨 온 것처럼, 효정의 죽음이 결국 어쩔 수 없
이 나에게 찾아올 것임을 알고 있었지만 내가 무언가에 몰두
해 있다면 왠지 더디게 찾아올 것만 같았다.

　아이스필드 파크웨이를 운전하는 여섯 시간 동안, 휴
대폰 데이터가 전혀 터지지 않았다. 마치 우주 속 무중력 지
대 같은 곳이었다. 나는 그 시간이 오히려 자유롭다고 느꼈
다. 그 어떤 죽음도 나에게 도달할 수 없을 테니까. 천 작가
님은 옆에서 계속 신나는 노래를 틀어줬고, 우리는 가는 곳
마다 새롭게 나타나는 절경에 중간중간 멈춰서 사진도 찍었

다. 북쪽으로 향할수록, 좀더 오래된 나무들과 협곡이 나타났다. 수천, 수만 년을 깎이고 흘러온 대자연 앞에, 인간의 시간은 너무나 짧고 유한한 것처럼 느껴졌다.

하지만 그 찰나에도 꿈을 나누고 마음을 주고받을 수 있는 누군가를 만난다면, 그게 기적이 아니라면 무엇이겠는가. 아이스필드 파크웨이를 달릴 때 나는 인생에서 가장 아름다운 풍경을 보았고, 나는 나에게서 가장 아득히 멀어졌다. 나의 마음에서, 시간에서 의식적으로 멀어져서 그저 풍경을 보는 상태로만 존재했다. 내가 나에게서, 나의 삶에서 가장 멀리 떨어져 있던 시간이었다.

북쪽 마을 재스퍼에 도착하니 비로소 데이터가 터졌다. 데이터가 터질 때마다 효정에게 사진을 찍어 보내고, 이런저런 이야기들을 남겼지만 효정은 읽기만 할 뿐 답장을 하지 않았다. 답장을 보낼 힘이 없는 것 같았다. 그럼에도 일기처럼 계속 사진과 이야기를 남겼다. 마지막날엔 '1'조차 사라지지 않을까봐 두려웠다. 사라진다면, 효정이 아직 살아 있다는 뜻이었으니까.

한국행 비행기에 탔을 때 나는 다시 무중력 지대로 들어왔다. 하지만 효정의 죽음이 임박했다는 것을 알았기에, 아이스필드 파크웨이에서만큼 현실로부터 멀어질 수 없었다. 이제 진짜 죽음을 마주해야 할 시간이었다. 더이상 유예시

킬 수도, 외면할 수도 없었다. 아무리 발버둥쳐도 빠져나갈 틈 없이 예견된 슬픔이었다. 한국에 가까워질수록 나는 점차 현실 감각을 되찾았다. 고통 속에 죽어갈 효정이 걱정되었고, 그 곁을 지키고 있는 어머니가 걱정되었다. 효정의 삶이 끝나갈 때 분명 내가 해야 할 일들이 있었다. 효정에게 마지막 인사를 꼭 해야 하고, 효정이 가는 길도 잘 보내줘야 한다. 해야 할 일을 떠올리니 마음이 차분해지면서, 동시에 불안해졌다. 제발 효정이 살아 있기를 바랐다.

"나를 잊지 말아줘. 쪼금만 멀리 다녀올게!"

구민정

캐나다에서 돌아오자마자 효정이 있는 병원으로 갔다. 효정이 오지 말라고 했다기에, 진짜 마지막이 왔음을 직감했다. 병실에 들어서니 효정은 무호흡을 하다가 짧게 숨을 몰아쉬는 체인스톡 증상을 보이고 있었다. 임종 전 마흔여덟 시간 이내에 나타나는 증상이었다. 효정은 모르핀 탓에 사경을 헤매다가, 내가 들어오는 걸 보더니 눈이 커졌다. 그러더니 '왔구나' 싶은 눈빛으로 나를 한참 동안 응시했다. 힘은 없었지만 흔들림이 없는 눈빛이었다. 그 눈을 바라보는데 눈물이 주르륵 흘러나왔다. 태양이 닮은 인형을 선물로 안겨주었다.

어머니가 병실 밖으로 나를 불렀다. 효정의 영정 사진을 골라야 하는데, 무엇으로 해야 할지 모르겠다고 하셨다.

어머니는 현기증이 나는지 머리에 손을 얹으셨다. 이미 반쯤 혼이 나가 있는 듯 보였지만, 정신을 차리려고 마지막 끈을 부여잡고 계셨다. 나는 효정이 인스타그램에 "나를 잊지 말아줘. 쪼금만 멀리 다녀올게!"라며 마지막으로 올렸던 사진을 어머니에게 드렸다. 효정이 여행중에 찍은 것인데, 아무래도 제일 좋아하는 사진 같았다. 까다로운 효정이 혹여나 마음에 안 들어할까봐, 병실에 들어가 "사진은 이거 어때?" 하고 물으니 효정은 희미하게 고개를 끄덕였다. 그러곤 다시 눈을 감고 불규칙한 호흡을 이어갔다.

　　어머니에게 전해 듣길, 이틀 전이 고비였다고 했다. 가래가 끓었지만, 뱉을 힘이 없어서 숨이 막힐 뻔했다고. 그날은 어머니의 생신날이었다. 어머니는 내가 올 때까지 조금만 더 힘내달라고 말씀하셨다고 했다. 효정이 있는 힘을 다해 나를 기다려준 것이다. 이마에 얹은 효정의 팔이 계속 떨렸다. 힘이 없어서 떨리는 듯했다. 죽음을 앞두고 온몸에 힘이 빠진 채, 의식만 남아 있는 상태에서 효정은 무슨 생각을 하고 있을까. 효정을 계속 지켜보고 있는데, 어머니가 일단 집에 다녀오라고 했다. 당장 오늘밤에 어떻게 되진 않을 테니 내일 다시 오라고. 아침에 다시 오겠다고 하고 병원을 나섰다. 집에 가는 길, 그래도 효정이 살아 있어서 다행이라고 생각했다. 이제부터는 내가 챙겨줄 수 있으니까.

아침에 일어나자마자 어머니에게 전화를 드렸다. 효정이 숨을 몰아쉰다고 했다. 마음이 급해졌다. 급히 준비해서 나가려는데 차에 시동이 안 걸렸다. 해외 출장 동안 차를 타지 않은 탓에 배터리가 거의 방전된 상태였다. '제발'을 수백 번 외치며 계속 시동을 걸었다. 몇 분이나 흘렀을까. 겨우 시동이 걸렸다. 그런데 출발한 지 얼마 되지 않았을 때, 효정의 어머니에게 전화가 왔다. 왠지 받고 싶지 않아서 그대로 뒀는데, 벨소리가 끊이지 않고 울렸다. 정말 받고 싶지 않았지만 하는 수 없이 통화 버튼을 눌렀다. 전화를 받으니 정적이 이어졌다.

어머니 ……

정적이 아니라, 어머니가 울고 계신 것이었다. 어머니는 한껏 쉰 목소리로, 효정이 방금 갔으니까 올 필요 없다고 하셨다. 장례식장이 잡히면 알려줄 테니 거기로 오라고. 조용히 알겠다고 대답하곤 끊었다. 눈물이 주체할 수 없이 터져 나왔다. 효정이 더이상 세상에 없다는 게 믿기지 않았다.

장례식장에 도착했을 때, 어머니의 오열 소리가 밖에서부터 들렸다. 효정이 투병하는 내내 옆에서 든든하고 강인하게 계셨던 어머니가 완전히 무너지셨다. 어쩌다 내 딸을 저기다 갖다놨냐며 스스로를 책망하셨다. 남동생이 어머니를 부축했다. 아버지와 언니도 어머니를 제일 걱정했다. 하지만 그 어떤 말도, 생때같은 딸을 잃은 어머니를 위로할 순 없었다.

효정의 연고지는 인천이었지만, 효정의 직장 동료 및 친구들이 대부분 서울에 거주하는 것을 고려해 서울로 장례식장을 잡았다. 빈소를 차리기 전에도 결정할 것들이 많았다. 몇 평짜리 호실을 쓸 건지, 식사 준비를 도와줄 인원은 몇 명을 고용할 건지, 관은 어떤 나무로 할 건지, 수의는 무엇으로 할 건지 하나하나 다 결정해야 했다. 결국 다 비용과 연관되어 있었고, 모든 걸 너무 싸지도 비싸지도 않은 적당한 것으로 골랐다.

빈소가 차려지고 남동생과 함께 효정의 지인들에게 연락을 돌렸다. 효정의 말대로 효정이 꼭 오길 바랐던 이들에게 먼저 연락을 하고, 카톡에서 최근 육 개월간 연락을 주고받았던 사람들에게 부고 문자를 보냈다. '오효정'이라는 이름 앞에 쓰인 '故' 자가 너무 어색해서 지워버리고 싶었다. 효정이 죽었다는 걸 인정하고 싶지 않았다.

그뒤로 시간이 어떻게 갔는지 모르겠다. 예상보다 훨씬 많은 사람들이 왔고, 근조 화환이 장례식장 복도를 가득 메웠다. 어머니는 실신한 듯 쓰러저 계셨고, 아버지, 언니, 남동생이 사람들을 맞았다. 나는 방명록과 부의금을 관리했다. 식장 입구 앞에 앉아 있는데 눈물이 멈추질 않았다. 정신을 차리고 있어야 한다고 생각했지만, 시도 때도 없이 눈물이 흘러내렸다.

젊고 아름다운 효정의 사진을 보고 사람들은 울음을 터뜨렸다. 효정이 자주 말했던 대학 동기들과 직장 동료들이 며칠 내내 같이 있어주었다. 사람들을 맞이하고, 음식을 나르고, 부조금을 정리하고, 효정의 가족들의 밥을 챙기며 함께해주었다. 사람들은 효정이 얼마나 다정하고 예의바른 사람이었는지, 얼마나 명확하면서도 따스했는지 하나같이 입을 모아 칭찬했다. 모두가 효정에 대한 이야기를 나누는 가운데, 효정이 없다는 사실이 뼈아프게 다가왔다. 네가 이 자리에 있었다면 정말 좋아했을 텐데.

효정과 함께 작업했던 배우부터 가수, 선후배, 촬영 스태프, 작가님, 제작사 스태프 분들까지 모두 효정을 만나러 와주었다. 효정과 일했던 사람들은 모두 효정을 진심으로 좋아했다. 사람들은 밤새 울며 온 마음으로 효정을 애도했다. 마지막날 부의금을 정산해보니 수천만원이 넘었다. 어린 나이에 이토록 많은 사람들의 마음을 움직였다는 건 효정이 얼마나 치열하게, 진심으로 살아왔는지를 보여주는 증거였다. 하지만 그만큼 짧고 뜨거웠던 그의 삶이 더없이 아쉽고 안타까웠다.

입관식엔 차마 들어가지 못했다. 그 마지막 모습이 영
영 기억에 남을 것 같아 무서웠다. 효정이 여전히 살아 있다
고 믿고 싶었다. 어머니는 입관식을 보고 나오신 뒤 한층 더
무너져 내리셨다. 애를 왜 저렇게 꽁꽁 묶어놨냐며 통곡하
셨다. 자식을 잃은 슬픔은 짐작조차 어려웠다. 어머니의 고
통을 느끼며, 나는 계속 되뇌었다. 신이 있다면, 효정의 가족
이 이 지옥에서 빨리 벗어날 수 있게 해주세요. 우리는 어쩌
다 널 잃어버렸을까. 이 모습을 지켜보는 너는 또 얼마나 마
음이 아플까.

효정의 발인 날, 여전히 많은 이들이 효정의 마지막 가
는 길을 함께 지켜줬다. 승화원을 거쳐 장지로 가는 버스 안
에 사람들이 가득찼다. 효정의 대학 동창들이 운구를 해주
었고, 효정의 영정 사진은 남동생이 들었다. 시신이 화장장
안으로 들어갈 때는 효정이 너무 무서워할까봐 걱정됐다.
너는 참 겁이 많은 아이인데. 부디 그러지 않기를, 지긋지긋
한 암세포를 활활 태우고 깨끗하게 떨쳐버리길 바라. 몇십
분 뒤에 시신은 가루가 되어 나왔다. 그리고 유골함에 담겼
다. 생의 의지가 가득했던 한 사람이 저렇게 가루가 되어 나
왔다는 사실이 믿기지 않았다. 삶이 너무나 허망하게 느껴
졌다. 무엇을 위해 그리 아등바등 살았는가 싶었다. 효징의

온기가 남아 있는 따뜻한 유골함을 언니가 들었다.

유골함은 효정의 고향인 강화 바다가 보이는 곳에 안치되었다. 무더운 날이었다. 어머니는 유골함을 차마 흙으로 덮지 못했다. 이렇게 좋은 사람들이 다 여기 있는데, 혼자 어딜 간 거냐고 목놓아 울었다. 검은 옷을 입은 효정의 지인들이 함께 울었다. 나는 승화원 매점에서 산 과자들의 포장을 벗겨 효정의 유골함 앞에 놓았다. 마지막까지 뭘 제대로 먹지 못한 효정이 아무래도 배가 고플 것 같았다. 그 모습을 보며 어머니가 또 오열하셨다. 그리고 나에게 고맙다고 했다. 내 덕분에, 효정도 살고 어머니 자신도 살았다고. 나는 여전히 그 반대라고 생각했다. 효정이 나를 살게 한 거라고.

다시 서울로 돌아오는 길, 길가에 핀 노란 꽃들이 눈에 들어왔다. 효정이 좋아하던 노란색이 떠올랐다. 그 색이 어쩐지 이곳저곳에 물들어 있는 듯했다. 한편으로는 효정이 원하던 대로, 너무 고통스럽지 않게 떠났다는 사실에 안도했다. 너는 언제나 너답게, 환하게 기억될 거야.

4장

웅크렸다
기지개를
켜며

혼자 남은 시간

효정이 떠난 후, 시간은 더딘 듯 빠르게 흘러갔다. 창밖에서 매미 소리가 들렸고, 하천의 풀들은 하루가 다르게 자라났다. 다시, 여름이 찾아왔다. 효정이 꼭 봤으면 했던 노란 들꽃들이 향동천을 뒤덮었다 사라졌다. 더위에 바싹 건조해진 풀들이 그 자리를 대신했다.

함께 살던 집에 효정의 흔적이 여전했다. 냉장고 문에 붙어 있는 위클리 플래너엔 효정의 글씨가 빼곡히 적혀 있고, 효정의 방과 옷장에서는 여전히 효정의 냄새가 났다. 효정이 쓰던 물건들도 그대로였다. 우리가 이 집에서 함께 산 건 두 달여뿐이었지만, 온 집 안에 함께한 추억이 가득했다. 어차피 얼마 쓰지도 못할 텐데, 소파나 책장, 침대는 뭘 그리 심사숙고해서 골랐는지. 소파에 앉아 행복한 얼굴로 글을 쓰던 효정의 모습이 자꾸 겹쳐 보였다.

　나는 매일 아침 울면서 일어나서, 울면서 잠이 들었다. 새벽에 깨면 다시 잠들기 어려웠다. 효정이 떠나고, 나는 남겨졌다. 매 순간을 공유하던 가까운 사람을 잃는다는 건 상상 이상으로 힘들었다. 함께 식단을 짜고 밥을 해 먹을 식구도, 주말마다 함께 수다를 떨며 여행을 다닐 친구도, 취향에 맞는 영화와 음악을 이야기할 소울메이트도, 잔소리를 늘어놓으면서도 언제나 나를 든든하게 응원해주던 룸메이트도 더이상 없었다.

　효정이 너무나 많은 역할을 해주었던 탓에, 일상의 모든 순간에서 효정의 부재를 느꼈다. 가장 두려워했던 시간이었다. 이대로 영원히 고립될 것만 같았다. 직장에서건 SNS에서건 효정의 이름만 들어도 눈물이 주체할 수 없이 흘러내렸다. 삼십오 년 만에 나는 처음으로 왜 삶을 이어가야 하는지 생각하게 됐다. 더는 일을 하고 싶지도, 뭔가를 만들고 싶지도 않았다. 모든 게 공허했다.

　그런 상태가 이 주 이상 지속됐다. 나답지 않다고 생각하면서도 슬픈 생각을 멈출 수가 없었다. 내가 완전히 무너졌다는 걸 받아들여야 했다. 난생처음으로 정신의학과에 갔다. 면담과 더불어 이런저런 심리 검사를 진행한 후, '적응장애(사회적 혹은 개인적 스트레스를 겪은 후 일정 기간 이

내에 발생하는 감정적 내지 행동적 장애)'라는 진단을 받았
다. 이력서나 자기소개서를 쓸 때마다, 늘 어디에서든 살아
남는 '적응력'을 내세웠는데 그런 내가 적응 장애라니. 병원
에서 항우울제와 수면제를 처방받았고, 상담 센터에서 상담
치료도 병행했다.

　　나는 상담사 선생님께 대체 사람들은 사랑하는 사람들
을 떠나보내고 어떻게 버티며 살아가는 거냐고 물었다. 선
생님은 상실은 이겨내고 견뎌내는 게 아니라, 그냥 안고 겪
어내는 것이라고 했다. 누군가를 잃은 상실감은 평생 사라
지지 않기에, 그 감정과 함께 살아갈 수 있을 뿐이라고. 그
러니 애도하고픈 만큼 나의 방식대로 충분히 애도하라고 했
다. 회사에는 두 달간 병가를 냈다. 일을 시작한 이래 이렇게
오래 쉬는 건 처음이라 불안했지만, 도저히 일을 할 수가 없
는 상태였다. 멈춰야 하는 시간이었다.

　　일 년간 함께했던 효정이 사라지자 나는 그 공백을 어찌
할 줄 몰랐다. 새벽같이 일어나 밥을 할 필요가 없었다. 일을
하지 않았기에 여러 사람들과 연락할 필요도 없었다. 집에
있는 시간이 자연스레 길어졌다. 나는 오롯이 혼자가 되었
다. 혼자가 되고 나서 가장 먼저 느낀 감정은 두려움이었다.
평생 이렇게 고립될까봐 무서웠다. 늘 뭔가에 몰입하며 살
아왔는데, 막상 아무것도 하지 않아도 되는 상황이 오니 불

안했다. '내가 그동안 너무 내 마음대로 살았나?' 하는 생각과 함께 '이래서 결혼해서 가족이라는 울타리를 만드는 건가……' 하는 초조함도 찾아왔다.

'일하는 나'와 '누군가와 함께 있는 나'는 익숙하지만, '혼자가 된 나'는 처음이었다. 나는 그런 나를 돌보는 법을 알지 못했다. 그럴수록 효정의 빈자리가 더 크게 느껴졌다. 빨리 이 페이지를 넘겨버리고 싶으면서도, 효정을 충분히 애도하고픈 마음이 공존했다. 상담 선생님은 빈 공간을 억지로 채우려 하지 말고, 다른 것들에 관심을 두면 좋을 것 같다고 조언했다. 슬픔이라는 감정은 억지로 틀어막는다고 해도, 결국 어떻게든 터지기 마련이니 그저 자연스레 흘러가게 두라고.

일단 이사는 가지 않기로 했다. 효정과의 추억이 깃든 이 집을 떠나야 하나 고민이 많았지만, 나는 이곳에서 편안함과 행복감을 느꼈다. 밤이면 하천에서 개구리 소리가 들려오고, 낮에는 꽃향기가 나는 동네. 나는 이곳을 떠나는 대신 또 다른 행복한 추억들을 쌓아가기로 결심했다. 집의 구조는 좀 바꿨다. 효정의 방에 있던 침대를 팔았고, 효정이 쓰던 옷장도 정리했다. 거실은 작업실로 만들었다.

나는 거실에 앉아 글을 쓰기 시작했다. 효정이 생전에 썼던 글을 기반으로 나의 글을 덧붙여갔다. 효정을 애도하

는 마음으로 쓰기 시작했지만 그건 나를 위한 일이기도 했
다. 나의 마음을 들여다보고, 나를 돌보는 시간. 그게 지금
내가 할 수 있는, 해야만 하는 유일한 일이다.

태양이와 나

효정의 장례식이 끝나고 태양이가 집으로 돌아왔다. 태양이는 효정이 호스피스에 들어간 후, 효정의 아버지 집에 가 있다가 상중엔 강아지 호텔에 머물렀다. 효정이 호스피스 치료를 받을 때 어머니가 나에게 태양이의 향후 거취에 대해 논의하신 적이 있었다. 효정이 세상을 떠나면 어머니는 다시 절에 들어가실 예정이고, 아버지는 강아지를 키울 상황이 안 되는데다, 나 또한 다시 일을 시작하면 태양이를 돌볼 수 없을 테니, 당장은 마음이 아프지만 좀더 안정적인 가정을 찾아 입양을 보내면 어떻겠냐고.

그때 나는 태양이마저 보낼 수 있는 마음 상태가 아니었다. 그러나 현실적으로 어머니의 말씀이 맞았다. 혼자 남은 내가 일을 하며 제대로 태양이를 돌볼 자신이 없었다. 태양이가 불행해질 것만 같았다. 그러니 태양이가 빨리 적응할 수 있도록, 하루라도 어릴 때 좋은 곳으로 보내는 게 맞을 터였다. 하지만 그런 판단과는 달리 마음은 자꾸 흔들리기만 했다. 태양이를 너무나 예뻐하던 효정과, 그런 효정을 곁에서 든든하게 지켜주었던 태양이의 모습이 자꾸 눈앞에 아른거렸다. 효정인 호스피스 생활을 하면서도, 태양이가 여름에 시원하게 잘 수 있는 대리석과 각종 간식들을 주문해 아버지 집으로 보낼 만큼 태양이를 생각했다.

무엇보다 효정의 상태가 나빠지면서 태양이가 나에게 점점 더 의지하고 있다는 걸 느끼고 있었다. 효정이 집에서 토하는 날이 많아질 때마다, 그리고 잠 못 드는 날이 늘어날 때마다 태양이는 늘 효정의 곁에 있었지만 어딘지 불안해 보였다. 태양이는 예민한 만큼 눈치와 공감 능력이 뛰어난 강아지다. 그래서 효정에게 다가오는 죽음의 냄새를 미리 맡았는지도 모른다. 태양이에게 효정은 어느덧 지켜줘야 할 사람이 되었다. 천방지축으로 날뛰던 태양이는 조금씩 차분해졌고, 조용히 효정 곁에 머무는 시간이 많아졌다. 하지만 나에게 와서는 온갖 애교를 부리며, 엉덩이를 딱 붙이고 기대어 앉았다. 아마 태양이도 효정을 잃을 수 있다는 예감에 두려웠을 것이다. 그럴수록 나를 보호자로 여기며 기대고 싶었던 것 같다.

결국 태양이는 다시 우리집으로 돌아왔다. 약 삼 주 만에 만난 태양이는 털이 훨씬 풍성해졌고, 얼굴은 〈올드보이〉의 최민식처럼 덥수룩해졌다. 혹여나 효정일 찾으면 어쩌나 걱정했는데, 다행히 그러진 않았다. 효정의 방과 집 전체를 한번 쏙 둘러보더니, 나에게 반가움만 표현할 뿐이었다. 태양이는 이미 효정의 부재를 예상하고 있었던 것 같다. 차를 오래 타고 와서인지 태양이는 저녁 사료를 먹지 않고 그대로 드러누워 잠이 들었다.

그런데 그날 새벽, 태양이가 갑자기 구토를 했다. 노란색 토를 두 번이나 쏟아냈다. 너무 놀랐지만, 일단 태양이를 진정시킨 후 토사물을 치우는데 눈물이 터져 나왔다. 효정에 이어 태양이까지 잃게 될지 모른다는 최악의 시나리오가 머릿속에 펼쳐졌다. 내가 과연 누군가를 케어할 수 있는 사람일까 하는 의구심부터, 내 손에 닿거나 나와 가까이 있는 모든 것들은 망가진다는 끔찍한 자기 혐오감에 휩싸였다. 나는 깊은 불안과 상실감에 빠져 꺼이꺼이 울었다. 내가 오열하니 태양이가 불안한지 끙끙거렸다.

마음이 조금 진정된 후, 강아지가 노란색 토를 하는 이유를 검색했다. 공복 시간이 길어지거나, 췌장염 혹은 소화기에 문제가 있을 때 토할 수 있다고 나와 있었다. 정황상 공복으로 인한 구토일 가능성이 높은데도, 장기에 문제가 있

을지도 모른다는 걱정이 꼬리에 꼬리를 물고 이어졌다. 효
정에게 걱정하지 말라는 위로를 받고 싶었는데, 이제 효정은
없었다. 나는 밤새 조용히 울며 아침이 오기만을 기다렸다.

　아침에 동물병원 문이 열자마자 부리나케 찾아갔다.

수의사　장시간의 공복으로 인한 구토입니다. 사료만 잘 먹
　　　　으면 금방 괜찮아질 거예요.

구　　　혹시 췌장염일 가능성은 없나요?

수의사　가능한 경우의 수 중 최악을 말씀하시네요. 그 경우
　　　　보통은 아예 아무것도 먹지 않아요. (간식을 먹는
　　　　태양이를 바라보며) 하지만 그건 아닌 듯합니다.

갑자기 효정을 위암으로 떠나보낸 후, 나는 매 순간 최악의
상황을 가정하는 사람이 되어 있었던 것이다. 집으로 돌아
와 어머니에게 문자를 드렸다. 태양이가 토를 했는데 별문
제는 아니었다고. 하지만 어머니도 걱정이 되셨는지 아버지
와 함께 집에 들르셨다. 할머니, 할아버지를 반갑게 맞이하
는 태양이를 보며, 지난밤 내가 얼마나 과장된 걱정에 빠져
있었는지 새삼 깨달았다.

　나를 겁먹게 만든 건 어쩌면 토하는 행위 자체였는지도
모른다. 입원하기 전 거의 매일같이 토하던 효정의 모습이

떠올라 불현듯 심장이 쿵쾅거렸으니까. 효정은 늘 손 닿는 곳에 비닐봉지를 두었다. 효정은 멋대로 날뛰어 제어되지 않는 위에 분노하기도, 낙담하기도 했다. 토하고 난 뒤, "이제 제발 그만해" 하고 자신의 위에게 말하는 효정의 모습을 봤을 땐 정말이지 마음이 찢어지는 듯 아팠다.

그래서 어떤 밤에는 효정이 토하는 걸 알면서도 모른 척했다. 나에게 토하는 모습을 보여주고 싶어하지 않았던 효정이었고, 자기 때문에 내가 깬 걸 알면 또 싫어할 걸 알았기 때문이다. 그리고 어느 날은 왠지 나만 넘어가면, 내가 모른 척하고 넘어가면, 그게 없던 일이 될 것만 같은 날도 있었다. 효정이 밤새 아프지 않고 잘 잤다고 믿고 싶었다. 언제나 잔인하고 가혹한 현실이 그 기대를 깨버렸지만. 그리고 그 모든 순간, 효정과 나 사이엔 늘 태양이가 있었다. 우리는 지독하게 절망적인 순간과 행복한 일상이 혼재된 시간을 함께 지나왔고, 이제는 셋에서 둘이 되었다.

내가 과연 혼자서 태양이를 잘 돌볼 수 있을까? 이번에는 잃지 않을 수 있을까?

불안한 마음으로 우리의 동거는 다시 시작되었다.

태양이는 정말이지 에너지가 넘치는 강아지다. 원래 활달하기로 유명한 비숑프리제에, 혈기 왕성한 한 살에, 이름도 하필 태양이라 양기가 넘친다고 해야 할까. 특히 친구들을 보면 환장하는데, 저 멀리서 강아지를 발견하기라도 하면 득달같이 달려가 꼭 냄새를 맡으며 인사를 해야만 하는 성격이다. 망나니였던 영아 시절에 비하면 조금 차분해졌지만 여전히 에너지가 넘친다. 그리고 그 에너지는 아침 일곱시부터 뚫고 나온다…… 일단 해가 뜨면 침대 위를 계속 꼼지락거리며 돌아다녀서, 나는 아침 기상 알람을 듣지 않고도 일어나게 된다. 이 에너지를 풀어주지 않으면, 하루종일 놀아달라고 끙끙거린다. 침대에 누워 있고 싶지만, 하루의 안위를 위해 배변 봉투와 물병을 챙겨 들고 산책을 하러 나간다.

산책길에서 가장 먼저 만나는 친구는 옆 동에 사는 보리다. 보리 역시 비숑프리제인데 할머니와 단지 안에서 늘 아침 산책을 함께한다. 세 살 형님인 보리는 태양이보다 훨씬 얌전한 편이라, 태양이가 유난을 떨며 인사하려고 할 때마다 차분히 기다려준다. 보리의 냄새를 다 맡고 나면, 태양이는 할머니에게 애교를 부린다. 할머니에게 보리의 간식이 있다는 걸 알기 때문이다. 그럼 할머니는 주머니에서 간식을 꺼내 나눠주시고, 보리는 그 모습을 가만히 지켜보며 또 참아준다. 인자하고 우아한 성격이 꼭 할머니를 닮았다(그럼 태양인 누굴 닮은 것인가……). 간식까지 얻어먹고 나면 태양인 뒤돌아서며 향동천 쪽으로 간다. '먹튀' 하는 느낌에 얄미울 법도 하지만, 다음날 할머니는 어김없이 간식을 내어주시고, 보리는 또 느긋하게 견뎌준다.

향동천으로 나가면 더 많은 친구들이 나타난다. 털이 엄청 북슬북슬했다가 최근에 '빡숑(털을 빡빡 민 비숑)'이 된 뭉치와 텃밭을 일구시는 할머니를 지키는 구름이, 만날 때마다 배를 보여주며 반갑게 인사하는 자두는 가장 자주 마주치는 친구들이다. 최근에 유기견 보호소에서 입양되어 온 룽지(털이 누룽지색이다)는 처음엔 태양이를 좀 무서워하는 듯싶더니, 이제는 꼬리를 흔들며 반갑게 인사한다. 룽지도, 룽지를 키우는 아저씨의 표정도 확연히 밝아졌다.

강아지들끼리 인사하다보면, 자연스레 보호자들도 서로 인사를 나누게 된다. 내가 축구를 하다 다리를 다쳐 깁스를 하고 나갔을 땐 구름이 할머니가 "아유, 발 왜 그려?" 하고 물으셨는데, 깁스를 푸니 룽지 아저씨가 "발 다 나으셨네요" 하고 무심한 듯 말을 건넸다. 하루는 구름이 할머니와 공원의 정자에 앉아 강아지들에게 간식을 주며 펫미용숍 정보를 공유한 적도 있다. 태양이 덕분에 동네 어르신들과 자연스럽게 이야기를 나누고, 그분들과 유대감을 쌓을 수 있다는 게 참 따뜻하고 흐뭇하다. 나와 나이가 다른 어른들과 이렇게 친구가 될 수 있다니.

이웃인 천선란 작가님과는 거의 매일 함께 산책한다. 작가님은 새벽 네다섯시에 일어나 아침까지 야무지게 챙겨 먹고 산책하러 나온다. 그의 활동량을 보노라면, 또 다른 태양이를 보고 있는 듯하다. 우리는 산책 메이트가 되어 아침마다 향동천을 따라 크게 한 바퀴 돈다. 약 한 시간가량 걸리는 코스다. 향동천은 봄여름에 노란 들꽃으로 물들더니, 가을로 접어드는 요즘엔 코스모스가 피어나며 분홍과 보라로 울긋불긋해지고 있다.

작가님은 나에게 일어난 일들을 가까이에서 지켜봐왔기에 누구보다 내 마음을 잘 이해하는 사람이다. 이제 우리는 진솔한 이야기를 나눌 수 있는 친구이자, 재밌는 일을 함께 도모할 수 있는 동료가 되었다. 시간 가는 줄 모르고 어제 있었던 일, 요즘의 생각과 감정들, 재밌게 본 영화와 유튜브, 가벼운 대화로 시작되어 어느새 구체화된 기획 등 이런저런 이야기를 나누다보면, 우리는 어느새 향동천 끝자락에 닿아 있다.

그사이 태양이도 '향동천 핵인싸'로서 사교 활동을 하느라 바쁘다. 마주치는 친구들과의 인사는 물론이고, 지그 재그로 걸어가며 풀밭과 꽃들의 냄새도 맡는다. 아니, 거기에 마킹된 친구들의 소변 냄새를 맡는다. 강아지의 소변에는 강아지의 품종이나 성별, 몸의 크기나 연령까지 다양한 정보가 담겨 있다고 한다. 태양이는 그 냄새를 맡으며 친구들의 정보를 수집하고, 또 그 위에 마킹을 하며 자신의 정보를 남긴다. 주로 향동천을 따라 산책하지만, 태양이가 우리를 전혀 새로운 장소로 끌고 가기도 한다. 특히 여름엔 아침 일곱시에도 뜨거운 햇빛이 쏟아지는데, 태양이는 본능적으로 그늘을 찾아 주택가 쪽으로 향한다. 태양이 덕분에 우리도 골목 골목을 다니며 새로 생긴 음식점이나 카페 등을 알게 된다.

하루는 태양이를 따라 주택가 골목을 돌다가 큰길에 다다랐다. 그 큰길 건너편에는 효정이 잠시 머물렀던 요양 병원이 있었다. 고개를 들자, 효정이 있던 꼭대기 층 일인실의 창문이 열려 있는 게 보였다. 왠지 효정이 저기에 아직 있을 것만 같은 느낌. 언젠가 태양이를 백팩에 숨겨, 병실에 몰래 잠입을 시도한 적이 있었다. 입원 기간이 길어지면서 효정은 태양이를 무척 보고 싶어했으니까. 가방에서 쏭! 나오는 태양이를 보고 효정은 반가운 기색이 역력하면서도, 이렇게 무작정 데려오면 어떡하냐고 한소리 했다. 효정을 본 태양이가 반가운 나머지 소리 내어 짖는 바람에 우리는 금방 쫓겨나고 말았다. 철없는 해프닝으로 끝났지만, 병원을 보니 그때 기억이 나서 피식 웃음이 났다. 과연 태양이도 효정을 생각할까? 효정을 그리워할까? 혹여나 해서 태양이의 반응을 살피니 병원 쪽에 미련이 있어 보이진 않았다.

산책을 마치고 집에 돌아오면 우선 태양이 입 주변과 발부터 닦은 후, 털을 빗어준다. 비숑은 본디 털이 꼬불꼬불해서 매일 빗질을 해주지 않으면 털이 잘 엉킨다. 때문에 태양이의 빗질에 소요되는 시간이 내 머리를 빗는 시간보다도 훨씬 길다. 특히 겉털과 속털, 얼굴용 빗이 다 다른데, 각 용도에 맞게 한 올 한 올 꼼꼼하게 빗어주어야 한다. 언젠가 태양이를 빗질해주는 효정을 보면서, 나는 저건 못하겠다 싶었는데…… 막상 닥치면 다 하게 되어 있나보다. 나의 빗질도 점차 능숙해지고, 태양이도 이제는 얌전히 앉아 있다.

효정이 떠나고 나의 삶은 극도로 단순해졌다. 아침에

일어나 산책을 하고, 집에 돌아와 밥을 해 먹고 글을 쓴다. 저녁엔 주로 영화나 책을 보고 또 산책을 한다. 이따금씩 사람들이 집으로 놀러오기도 하지만, 매일 있는 이벤트는 아니다. 그러다보니 집에서는 말을 할 일도 별로 없다. 이렇게 나는 혼자 지내는 시간이 익숙해졌는데 태양이는 어떨까. 태양이는 내가 작업을 하는 시간엔 주로 낮잠을 자는데, 심심하면 나를 뚫어져라 쳐다보거나 놀아달라고 앞발로 툭툭 치곤 한다.

그럴 때면, 북적북적한 분위기 속에서 살아왔던 태양이가 나와 단둘이 사는 삶을 지루해하면 어떡하나 걱정스럽다. 나의 우울이 전염되지는 않을까 불안해지기도 한다. 부정적인 감정은 꼬리에 꼬리를 물고, 과연 내가 태양이를 끝까지 책임질 수 있을까, 하는 질문까지 던지게 만든다. 거기까지 생각이 미치면 어쩔 수 없이 또 태양이를 데리고 밖으로 나간다. 오후 산책이 시작되는 것이다.

낮의 공원은 아침보다 훨씬 더 한산하다. 젊은 사람들은 모두 일하러 갔는지, 벤치마다 띄엄띄엄 앉아 계시는 할머니, 할아버지들만 보인다. 한낮의 여유를 만끽하며 낮잠을 주무시는 어르신부터 그늘에서 무더위를 피하고자 느리게 부채질하는 어르신까지. 그 모습을 보고 있노라면 세상이 슬로모션처럼 느리게 흘러가는 듯하다. 한창 일할 나이에 속하는 내가 있을 곳이 아니라는 생각이 들다가도, 이내 평화로운 풍경에 푹 빠져든다.

타임머신을 타고 이곳에 와서, 미래의 내가 보내게 될 시간을 미리 체험해보는 것 같달까. 내 시간의 끝이 여기라면, 나는 그 사이를 어떻게 채워야 할까. 그 시간이 아득하게 느껴지면서도, 송골송골 맺히는 땀을 닦으며 지금 내가 살아 있음을 자각한다. 그래, 나는 살아 있지. 아무리 기분이 우울하고, 미래가 암담하게 느껴져도 어쨌든 나는 지금 살아 있다. 햇빛을 받으며 땀을 흘리는 지금의 시간이 하찮게 느껴질지라도, 살아 있다는 건 그 자체만으로 분명 큰 기회이고 행운이다. 적어도 뭔가를 시도해볼 수 있으니까. 오후의 산책으로 어수선한 마음은 정돈되고, 나는 다시 태양이와 함께 집으로 돌아간다.

이처럼 태양이는 내 루틴을 잡아주는 존재다(내가 태양이를 키운다고 생각하지만, 실은 태양이가 나를 키우는 중일지도……). 참 기특한 태양이. 효정과 어머니, 그리고 나, 우리를 모두 케어해주다니, 어쩜 이런 운명으로 태어났을까. 어머니 말씀처럼 효정에게 주어진 시간이 길지 않아서, 효정이 우리에게 태양이를 남기고 간 걸지도 모르겠다. 또다시 태양이가 끙끙거리거나 슬픈 눈빛을 보이면 마음이 불안해지지만, 언젠가는 나도 태양이와의 분리 불안 훈련에 적응할 수 있겠지.

태양아, 내일 아침에도 함께 산책 나가자!

나를 지켜주는 축구

나를 세상과 연결시켜주는 또 다른 존재가 있다. 태양이와 산책하거나 동네 마트에서 장을 볼 때, 멀리서도 나를 알아보고 "민정아!" 하고 반갑게 불러주는 나의 축구 동지들. 이 동네가 마음에 들었던 이유는 바로 '여자 축구 클럽' 때문이었다.

어릴 적 나는 축구를 좋아했다. 축구 선수였던 아빠의 영향으로, 언니와 함께 초등학교 운동장을 누비며 마음껏 공을 찼다. 발에 닿는 축구공 가죽의 부드러운 감촉이 좋았고, 공을 드리블하며 팀과 함께 상대 골문을 향해 달려가는 쾌감이 좋았다. 내가 목표 지점을 향해 달려가는데, 함께 발맞춰 뛰는 동지가 나의 시야에 들어올 때의 짜릿함이란. 특히 골로 이어지는 절묘한 어시스트를 하거나, 직접 골이라도 넣는 날엔 밤잠을 이루지 못할 정도로 마음이 두둥실 떠올랐다. 남자아이들끼리 하는 반 대항 축구 경기에도 나가 골을 넣은 기억이 있으니, 어렸을 땐 축구를 꽤 잘했던 것 같다.

하지만 여중, 여고에 진학하면서 자연스레 축구와 멀어졌다. 학교에 축구를 하는 여자아이는 없었고, 체육 시간에는 발야구나 피구만 했다. 대학교에 진학한 이후엔 축구와 더욱더 멀어졌다. 체대가 아니고서야 취미로 팀 스포츠를 하는 여자는 거의 없었고, 체력 향상과 다이어트를 위한 피트니스, 요가 등의 개인 운동이 성행했다. 직장인이 돼서는 뭐…… 말할 것도 없지. 그리하여 초등학교 이후 나는 축구와 쭉 멀어지기만 했다. 하지만 나는 여전히 축구가 좋았다. 축구를 안 한 지 이십 년이 훌쩍 지나버렸지만, 축구 하면 떠오르는 연두색의 그라운드도, 팀과 함께 호흡하는 감각도 좋았고, 각본 없이 전개되는 드라마도 짜릿했다.

향동은 생긴 지 오륙 년밖에 되지 않은 신도시라, 신혼부부나 아이가 있는 가족이 많이 산다. 그래서 아이들을 위한 학원가가 잘 형성되어 있는데, 그중 하나가 바로 축구 교실이다. '재밌는 팀 스포츠'에 대한 갈증은 한국에서 자란 여성이라면 한 번쯤은 느껴봤을 터. 처음엔 아이들을 축구 교실에 보내기 위해 방문했다가, 애들이 하는 게 재밌어 보이니 '우리도 해보자'며 성인 여자 축구 클럽이 생기게 된 건 어쩌면 당연한 수순이었다.

　내가 처음 축구 클럽에 가입했을 때 이 개월 정도밖에 안 된 신생팀이라 인원이 다섯 명 정도였지만, 반년이 흐른 지금은 열다섯 명에 육박한다. 이십대 대학원생부터 중학생 아들을 둔 오십대 어머니까지 팀원들의 나이 분포도 다양하고, 축구를 시작한 이유도 가지각색이다. 누군가는 육아 스트레스를 풀고자, 누군가는 친구 따라서 어쩌다가, 누군가는 아버지의 유언에 따라, 누군가는 그냥 재밌을 것 같아서 축구를 시작했다. 축구를 할 때면 스마트워치에서 '소음 환경이 90데시벨 이상'이라며 주의 알람이 뜰 만큼 정신없지만, 함께 땀 흘리며 발을 맞춰가는 일은 그저 순수하게 즐겁다.

　사실 향동에 살기 전부터 축구 클럽에 가입했다. 이사 한 달 전이었다. 그 당시 축구가 너무 하고 싶어서 '여자 축구 클럽'을 검색했는데, 운명처럼 향동이 눈에 들어왔다. 그 길로 감독님께 연락드려 바로 가입했다. 그땐 그저 축구가 하고 싶었다고 여겼는데, 돌이켜보니 나의 방어기제가 작동한 것일 수도 있겠다는 생각이 든다. 축구는 팀 스포츠인만큼 하면 할수록 팀원들끼리 강한 연대감이 생길 수밖에 없다. 그러니 나는 최악의 상황을 대비해 정서적인 울타리를 세우려 했을지도 모른다. 효정이 죽고 무너져버릴 나를 지키기 위한 최후의 방어선. 지금 축구 클럽은 동네 친구이자 공동의 취미를 가진 애정 집단으로, 나에게 가장 큰 정서적인 안정감과 활력을 제공하는 나의 울타리가 되었다.

축구를 하는 화, 금 오전은 일주일 중 내가 가장 기다리는 시간이다. 오전 열시 반이면 아이를 유치원에 등원시킨 어머니들이 삼삼오오 센터로 모인다. 나도 태양이를 강아지 유치원에 등원시키고 센터로 향한다. 한 명이라도 지각하는 날엔 단체로 지옥행 체력 운동에 당첨된다. 그래서 다들 허겁지겁 뛰어서 아슬아슬하게 삼십 분 안에 들어온다. 한 명씩 들어올 때마다 가슴을 쓸어내리며 반갑게 맞이해주고, 로커룸에 앉아 축구화로 갈아 신으며 서로의 안부를 묻는다. 그라운드에 나가 가볍게 몇 바퀴를 돌고 나면, 감독님 지도하에 한 시간 정도 패스, 슈팅, 전술 훈련을 받는다. 그러곤 삼십 분 동안 양 팀으로 나눠 게임을 뛴다.

축구는 원초적인 스포츠다. 달리고, 차고, 수시로 몸이 부딪친다. 그러니 뛰는 동안엔 아무런 생각도 나지 않아서 좋다. 숨이 턱끝까지 차올라 뭘 떠올릴 시간이 없기도 하거니와, 집중하지 않으면 공이 엉뚱한 데로 흘러가버려서 잡생각을 할 겨를이 없다. 물론 아직 서로 힘 조절이 잘되지 않다보니 인대가 늘어나거나 골절이 되는 등 부상을 입는 일도 자주 생긴다. 그럼에도 낫기만 하면 언제 다쳤냐는 듯 또 축구를 하러 나온다.

　다들 이렇게 열정적이다보니, 감독님도 신나서 가르쳐
주시는 게 보인다. 주말마다 다른 팀과 연습 경기를 잡아주
시는가 하면, 시합에도 가능한 한 자주 출전시켜주려 애쓰
신다. 감독님은 축구 선수 출신의 이십대 남성으로, 한창 친
구들과 놀고 연애할 시기에 주말을 축구 일정으로 채우는 걸
보면 트로피에 대한 욕망이 강하신 것 같다. 아니, 어쩌면 나
처럼 이 집단에서 얻는 정서적인 만족감이 큰 것일 수도 있
겠다.

　축구 수업이 끝나면 함께 점심을 먹으러 간다. 동네에
서 먹는 식사 메뉴야 거기서 거기지만, 무려 한 시간 반 동안
실컷 뛰고 난 뒤에 먹는 밥은 맛이 없을 수가 없다. 아버지의
유언에 따라 축구를 시작한 민아 언니는 아버지가 떠나신 후
삼 주간 입맛이 없어서 뭘 못 먹었단다. 그런데 여기서 축구
를 시작한 날, 모처럼 밥 한 공기를 다 비웠다고 했다.

민아 언니　정말 입맛이 싸악— 돌더라니까. 그 순간 아빠한
테 좀 미안한 마음이 들었는데, 뭐 아빠 뜻대로
시작한 운동이니까 씩씩하게 공 차고 맛있게 밥
먹는 모습을 보시면 분명 흐뭇해하실 것 같아.

상실감에 빠져 있는 사람에게 축구가 주는 활력과 안정은 참 대단한 것 같다.

잘 맞는 축구 동지이면서, 소중한 존재를 떠나보냈다는 공통점으로 나는 민아 언니와 더 가까워졌다. 효정이 호스피스 치료를 받을 즈음, 언니가 어버지를 보내드린 후 큰 위로가 되었다는 책을 나에게 선물해주었다. 진은영 시인의 시집 『나는 오래된 거리처럼 너를 사랑하고』였다. 언니의 아버지는 저항을 이야기하는 멋진 여성 시인이라며 진은영 작가를 딸에게 추천했고, 언니는 그의 시집을 읽으며 사랑과 저항과 상실을 모두 느꼈다고 했다. 시 속에 담긴 복합적인 감정들에 깊은 위안을 얻었다고.

나는 캐나다 반프에 그 시집을 들고 갔다. 비행기 안에서 「그날 이후」라는 시를 읽다 울음이 터졌다. 한 어린아이가 세상을 떠나면서, 생일날 가족들에게 마지막 말을 전하는 내용이었다. 어쩔 수 없이 효정이 떠올랐다. 특히 나를 울린 건, 아이가 할머니에게 남기는 말이었다. 할머니가 지난 세월 흘렸던 눈물보다 더 많은 눈물을 흘리게 만들어서 미안하다고. 할머니와 부침개를 부치며 자신의 삶이 그 부침개처럼 따뜻하게 익어가는 모습을 보여주지 못해서 미안하다고.

언니는 나에게 시집을 건네주며, 슬픔이 당장은 큰 바

위와 같아서 너무 무겁고 크게 느껴지겠만, 시간이 지나 깎이고 닳으면 작은 조약돌이 될 테니까 그 돌을 주머니에 넣고 다니면서 만져보고 꺼내보고 그렇게 살면 된다고 했다. 자신은 일을 하고 아이도 돌봐야 해서 급히 일상으로 복귀하느라 돌덩이를 마주한 시간이 별로 없어 후회된다고. 그러니 민정이 너는 조금 덜 괜찮아도 되니까, 지금 더 많이 울고 더 많이 이야기하고 그렇게 깎아내라고 했다.

그건 어른의 위로였다. 상실의 슬픔을 가진 사람이 조심스레 자신을 내어 보이며 연약한 마음을 나누는 성숙한 위로. 나는 반프에서 돌아와 효정의 장례를 치르고 나서, 다시 한번 그 시집을 읽었다. 그 안에는 상실의 슬픔에 대한 내용이 많았지만, 사랑에 대한 시도 많았다. 그날의 마음 상태에 따라 시는 나에게 설렘으로 다가오기도, 아픔과 절망으로 다가오기도 했다.

시간이 좀더 흐르자, 나는 인니가 이 시집을 나에게 선물한 다른 이유가 있을 거라는 생각이 들었다.

구　　　　언니, 왜 이 시집을 선물한 거야?
민아 언니　어렴풋하지만, 네 마음이 사랑일 거라고 생각했어. 그래서 사랑하는 마음과 상실의 아픔을 함께 이야기하는 책을 선물하고 싶더라.

나는 나의 우주 안에서 내 마음을 꽁꽁 닫고 혼자 웅크리고 있다고 생각했는데, 언니는 그런 나를 들여다보았다. 너무 가깝지도, 멀지도 않은 거리에서 나를 위로하며 내가 다시 밖으로 나올 수 있도록 지켜봐주었다. 그 시집과 언니의 위로는 분명 나에게 어떤 의미가 되었다. 현명하고 다정한 말들은 나를 조금씩 세상 밖으로 꺼내주었다.

그리고 민아 언니처럼, 나를 세상 밖으로 가만히 불러주었던 또다른 사람들.

우리 팀에서 가장 나이가 많은 민정 언니는, 늦은 밤 종종 나를 향동천으로 불러냈다.

민정 언니　(무심한 듯 툭) 요즘 마음은 어때?

구　　　　아직 희망이 있는 것 같아요. 잃고 싶지 않아요.

민정 언니　(가만히 듣고 있다)

구　　　　그런데 이대로 다 끝나버릴까봐 무섭기도 해요……

민정 언니　나는 엄마가 일찍 돌아가셨어. 어릴 때 돌아가셔서 이젠 잘 기억나지 않지만, 내내 무섭고 두려웠던 것 같아. 지금 네 감정은 당연한 거야. 그러니 괜찮아.

옆 동에 사는 은아 언니는 나에게 계속 뭔가를 함께하자고 제안하는 사람이었다. 어느 날은 감자전을 부쳐 먹자며 축구 멤버들을 우리집으로 우르르 몰고 왔고, 어느 날은 물놀이를 가자고 부추겨서 양평으로 훌쩍 떠나기도 했다. 그게 언니가 나를 위로하는 방식이었다. 나를 왁자지껄한 사람들 속에서 정신없이 웃게 만드는 것.

> **은아 언니** 실은 몇 년 전 갑상선 암에 걸렸어. 치료받는 동안 왜 하필 나일까 싶더라. 진짜 절망적이었어. 그런데 치료 다 마치고 나니, 이제는 오늘 하루를 즐겁게 살아야겠다 싶더라.

나는 목소리가 크고 활달한 언니가 늘 신나게 사는 사람인 줄로만 알았다. 하지만 우리 모두는 각자 거대한 아픔을 하나씩 마음속에 품은 채 살아가고 있었다. 그래서 언니들이 전하는 진실된 위로는 힘이 셌으며, 나의 마음에 있는 그대로 스며들었다.

그라운드 위에서 우리는 완전히 훈련에 집중한다. 발로 공을 컨트롤 하는 감각을 익히고, 우리 팀에게 정확하게 패스하여 골을 넣는 훈련을 한다. 민아 언니가 주장으로서 감독님 지도하에 멤버들을 이끌고, 챙긴다. 그저 공만 보고 따라다녔던 우리는, 조금씩 고개를 들어 서로의 위치를 파악하는 연습을 하고 있다. 고개를 드니 비로소 서로가 시야에 들어오고, 점차 발도 맞아가는 게 느껴진다. 내가 상대 수비수에게 가로막혔을 때, 빈 공간으로 치고 나오는 민아 언니를 보면 바로 패스한다. 그러면 민아 언니는 골대 앞으로 달려가는 나에게 다시 패스하거나, 뒤에 달려오는 민정 언니에게 공을 흘려주고, 다시 공을 받으면 집중해서 정확하게 슈팅을 한다.

공에 대한 감각을 익혀서 멤버들과 점차 호흡을 맞춰가는 과정은, 내가 다시 세상 밖으로 나오게 된 과정 그 자체였다. 상실과 함께 무너져 내린 세상에 대한 신뢰를 쌓으며, 다시 사람들을 믿고 받아들이는 것. 그렇게 다시 세상 속에 섞이고 부딪히며 살아갈 수 있게 하는 것. 축구는 나를 어둠 속에서 그라운드 위로 꺼내주었다.

동네 어디에서든 언니들을 마주친다. 내 옆에도, 앞에도, 뒤에도 언니들이 살고 있다. 손 내밀면 닿을 거리에 믿을 수 있는 누군가가 있다는 건, 그 자체로 엄청난 안정감을 준다. 내가 공을 패스하면 언제든 든든하게 받아줄 것 같은 느낌. 축구를 해서 참 다행이다. 나는 결코 혼자가 아니다.

아름다운 동행 속에서

효정이 떠난 지 벌써 백 일이 넘게 지났지만, 나는 여전히 인터넷 카페〈아름다운 동행〉에 들어간다. 효정이 아플 때 필요한 정보를 얻고자 매일 들어갔던 게 어느덧 습관으로 자리 잡았다. 카페에서, 암 투병중인 환자와 보호자는 정보를 공유하며 서로 위로하고, 사랑하는 사람을 떠나보낸 사람들은 고인을 추억하며 글을 남긴다. 나는 4기 진단을 받았던 환자가 일 년, 이 년, 삼 년, 오 년을 거쳐 완치 판정까지 받는 과정을 읽으며 희망을 품기도 했고, 힘든 항암 치료중에도 끝내 희망을 잃지 않던 환자의 글이 더이상 올라오지 않는 걸 보며 절망에 빠지기도 했다. 암이라는 긴 고통의 터널을 지나 생존한 사람은 모두의 희망이자 신과 같았고, 다시금 삶의 의지를 다지게 했다.

그간 글을 읽으며 댓글로 감사의 인사를 남긴 적은 있지만, 따로 글을 올린 적은 없다. 환자 본인도 아니고 그렇다고 가족도 아닌 내가 주저리주저리 글을 쓰는 게 어쩐지 부끄러웠기 때문이다. 그럼에도 나는 계속해서 그곳에 들어가고, 날마다 올라오는 글을 읽는다.

누나를 떠나보낸 지 일 년이 넘었는데 여전히 카페에 들어와 고인이 사무치게 그립다는 글을 남긴 사람이 있다. 더 이상 얼굴을 만질 수도 없고, 목소리를 들을 수도 없는 지금보다, 비록 숨만 붙어 있는 상태일지라도 아빠를 하루라도 더 보고 싶다는 사람이 있다. 밝고 아름다웠던 이십대 여자 친구를 잃고 고인의 명복을 빌어달라는 사람이 있다. 평생 다른 사람들을 챙기느라 정작 스스로를 제대로 돌본 적이 없어 그게 가장 후회된다고 고백하는 사람이 있다. 이미 쓸 수 있는 항암 약을 다 썼음에도, 지푸라기 잡는 심정으로 다음 약을 찾아헤매는 사람이 있다. 전환 수술 후 완치 판정을 받았으나 재발하여 삶의 의지를 잃어버린 사람이 있다⋯⋯

그곳은 삶의 가장 고통스러운 밑바닥이며, 죽음의 초입과도 같은 곳이다. 사람들은 절망과 희망, 초연, 상실, 슬픔의 모든 단계를 지나 고통의 깊이만큼 더욱 낮아진다. 가장 낮은 목소리로 서로를 위로하고, 낮은 자세로 서로를 지지한다. 마음이 낮아진 사람은 단어 하나로도 타인의 절망을

예민하게 감지한다. 그래서 낮은 자들의 위로는 마음의 둑
을 쉽사리 무너뜨린다.

　나는 삶의 한가운데에서 많은 이들의 죽음을, 죽어가는
과정을 본다. 살아 있는 존재들로 가득한 일상에서, 〈아름다
운 동행〉 속으로 들어가는 순간 나는 빠르게 죽음 앞으로 이
동한다. 공원을 한가롭게 거니는 사람들과 눈부시게 푸르른
하늘과 축구 경기를 보러 가는 들뜬 얼굴들과 콘서트장의 뜨
거운 열기가 순식간에 죽음과 교차된다. 살아 있는 것과 태
어나는 모든 것은 동시에 죽어가고 있다. 일상을 바라보면
나는 살아가고 있고, 그곳을 바라보면 나는 죽어가고 있다.
삶과 죽음이 혼재된 지금, 나는 현기증을 느낀다. 왜 우리는
죽음을 알면서도, 삶을 당연한 듯 살아갈까. 왜 이렇게 아무
렇지 않게 숨을 쉬고, 일을 하고, 사랑을 나누고, 여행을 떠
나고, 사람들을 만나고, 맛있는 음식을 즐기며 살아갈까.

　죽음의 문턱 앞에서는 그 모든 것이 새삼스러워신다.
특히 당연하게 여겼던 몸이 가장 새삼스러워진다. 몸속 위
장 기관이 제대로 움직여 밥 한 숟가락이라도 넘길 수 있기
를 바라게 되고, 시원한 물 한 모금이라도 벌컥벌컥 마실 수
있기를 바라게 된다. 아니, 최후엔 숨이라도 편히 쉴 수 있기
를 기도하게 된다. 그마저도 어려워지면 몸의 기능을 보조
하는 수많은 장치를 달아야 한다. 몸에 연결된 여러 가닥의

줄들을 보면, 새삼 몸이 살아 있는 동안 해왔던 기능들을 깨닫게 된다. 죽음 앞에서는 걷는 것도, 자는 것도, 먹는 것도 전혀 당연하지가 않다. 그런데 생명력으로 가득찬 일상 속에서는 쉽사리 우리의 몸을, 죽음을 떠올리기가 힘들다.

효정은 항암 치료를 받던 도중 어느 순간부터 카페에 들어가지 않았다. 그곳에 올라오는 항암 부작용 이야기를 보며 무서워졌다고 했다. 부작용이 그 정도는 아니라서 다행이라는 안도감이 들다가도, 곧 더 심해질지 모른다는 초조함과 불안감이 밀려온다고 했다. 평온했던 일상에서 순식간에 죽음의 문턱 앞으로 끌려온 것도 받아들이기 힘든데, 이제는 더 낮은 곳으로 끝없이 추락할지도 모른다는 절망의 깊이를 나는 감히 짐작조차 할 수 없었다. 이해하고 공감하려 애써보지만 나에게 당장 죽음이 닥치지 않는 한, 그 절망을 온전히 받아들이는 일은 결코 불가능할 것이다.

효정이 떠난 후, 효정의 노트북을 정리하다가 마주한 그의 글 중에는 이런 문장이 있었다.

'누가 날 좀 안아줬으면.'

그 한 문장에 나는 마음의 둑이 터져버렸다. 눈물이 주체할 수 없이 흘러나왔다. 효정이 느꼈던 절망과 고독이 그 한 문장에 고스란히 담겨 있었다. 효정은 항암 치료를 받으면서도 명랑한 모습으로 사람들을 만나며 생활했지만, 꼬리를 물고 늘어지는 무서운 생각에 잠 못 이루는 밤도 많았다. 그런 다음날에는 효정의 눈은 퉁퉁 부어 있었다. 나는 그때로 돌아가 효정을 꼭 안아주고 싶었다. 그리고 위로의 말을 건네고 싶었다. 다 괜찮다고. 그러니 힘들 땐 혼자 삭이지 말고 나에게 기대라고.

아침에 눈을 뜨면 하루를 살아가는 일이 너무도 당연하게 느껴진다. 그래서 마치 영원히 살 수 있을 것처럼 오만해지고, 일상의 소중한 순간들을 무심히 흘려보낸다. 건강한 몸과 평온한 일상에 대한 감사함을 망각한 채로. 하지만 이 순간에도 누군가는 죽음의 문턱으로 향하고 있고, 나 또한 죽어가고 있다. 그래서 〈아름다운 동행〉에 자꾸 들어가보게 되는 것인지도 모르겠다. 죽음을 잊지 않기 위해서. 그리고 위로를 받고 싶어서. 이건 별로 건강하지 않은 행위일 수도 있다. 하지만 일상은 너무나 평화롭고 찬란하기에 절망을 말하기기 새삼스럽다. 상실의 아픔을 쏟아내기가 힘들다. 그런 마음이 들면 마음속 깊은 웅덩이가 고요해지며 한없이 고독해진다. 그리고 마음은 다시 과거의 시간으로 돌아간다. 누가 날 좀 안아줬으면.

너의 생일

10월 16일. 오늘은 효정의 생일날이다. 일 년 전 우리는 태양이와 함께 케이크 위의 촛불을 불었다. 효정은 오래된 필름 카메라를 선물로 받고 싶어했고, 나는 효정이 들기에 너무 무겁지 않은 필름 카메라를 선물해주었다. 필름 카메라를 손에 쥔 효정은 아이처럼 해맑게 좋아했다. 태양이를 안은 채 케이크 앞에서 소원을 빌던 효정의 모습은 인화된 사진에 고스란히 담겨 있다. 생일 며칠 전에 항암 치료를 받은 효정은 수척해진 얼굴로 생일까지 살아 있어서 다행이라고, 행복하다고 했다. 효정은 생일 소원으로 "크리스마스까지 살아 있게 해주세요"라고 빌었다. 효정은 아픈 후로 그런 식으로 소원을 빌었다. 시간이 더 허락되었다면, 아마 효정은 내 생일, 또 태양이의 생일까지 살아 있게 해달라고 빌었을 것이다. 야속하게도 내 생일을 불과 삼 주 남기고 세상을 떠났지만.

SNS에 들어가니, 효정의 지인들이 올린 효정을 추억하는 사진과 글이 보인다. 오늘은 효정의 생일인 만큼 효정을 마음껏 생각해도 되는 날인가보다. 조금은 안도감이 든다. 효정과의 추억을 떠올리며 과거의 시간 속에 머무는 게 자연스러운 날이니까. 나만 이토록 깊은 상실감에 빠져, 유별나게 구는 것처럼 느껴지지 않는 날이니까. 효정에 대한 그리움을 오늘만큼은 눈치보지 않고 마음껏 표현해도 될 것 같은 기분이다.

이런 날 떠오르는 건, 아주 사소한 에피소드들이다. 거대한 슬픔이 뒤로 물러나고, 나도 모르게 빙긋이 웃게 되는 일들. 주로 내가 효정의 말을 잘 알아듣지 못해 생긴 일들인데, 그때마다 효정은 특유의 정색하는 표정을 지었다. 황당하고 답답하면서도, 웃기다는 그 표정…… 이제 효정은 없지만, 일상 속에서 내가 가끔씩 삽질을 할 때면, 문득문득 효정의 그 표정을 떠올리곤 한다.

우선 변명부터 하자면, 효정의 목소리는 평균보다 좀 작은 편이다. 특히 컨디션이 안 좋을 때는 목소리가 정말 작아지는데, 원래도 귀가 그리 밝지 않은 나로서는 복화술을 읽어내는 심정으로 효정과 대화할 때가 더러 있었다. 그래서 마스크를 꼭 착용해야 하는 병원에서는 효정의 입 모양을 볼 수가 없어서 말을 알아듣기 더욱 힘들었다. "뭐라고……?" 나의 질문이 반복될수록 효정은 점점 짜증이 차오르다가 이내 자포자기하는 듯했다. 하지만 같이 살기 시작하면서 그런 위기의 빈도수는 더 잦아졌는데……

어느 날 저녁, 우리는 집에서 마라탕을 시켜먹고, 커뮤니티 센터에 탁구를 치러 가기로 했다. 효정은 탁구를 좋아했고, 잘 쳤다. 탁구로 아이스크림 내기를 하자고 자신만만하게 이야기하며 마라탕을 먹는데, 마라탕 안에 처음 보는 재료가 들어 있었다. 밀떡도 당면도 아닌 기다랗게 생긴 무언가가. 나는 효정에게 그것을 가리키며 물었다.

구   이게 뭐야?

오   (우물거리며) 누……지며.

구   (조심스레) 뭐라고……?

오   뉴지며……

구   뉴진스……?

오   (또박또박하게) 뉴진면.

하지만 나는 그 단어 자체가 너무 생소했고, 세상에 그런 이름의 면이 있는지도 알지 못했다. 다시 수백 개의 물음표가

뜨는 나의 표정을 보곤 효정이 침착하게 발음했다. 목소리
가 한층 더 낮아졌다. 그의 짜증이 임박했다는 신호였다.

오 뉴.진.면.

구 아…… 늦으면……

오 (빤히 지켜본다)

구 (눈치를 보며) 탁구 치자고……?

오 (대폭발하며) 뉴진면! 뉴진면!! 뉴진며어어언!!

그제야 나는 그 면의 이름이 정말로 '뉴진면'이라는 것을 알
아먹었다. 효정은 어떻게 뉴진면을 탁구 치자는 말로 받아
들일 수 있냐며 어이없어했다. 하지만 그보다 더 기막힌 일
도 있었으니…… 효정이 항암 치료를 받은 어느 날, 효정의
언니가 우리집에 왔다. 효정의 언니는 애석하게도 나보다도
말귀가 더 어두웠다. 그게 효정을 디욱 환장하게 만들었다.

그날 밤 효정은 언니를 방으로 불러서 발을 좀 주물러
달라고 했다. 항암 치료로 몸을 제대로 움직이기가 힘들어
서 마사지를 해줬으면 하는 것 같았다. 효정이 언니를 세 번
이나 부른 후에야 언니가 겨우 효정의 목소리를 듣고 방으로
왔으므로, 효정은 이미 조금 짜증이 나 있는 상태였다.

오   언니, 발 좀 주물러줘.

언니   알겠어. (조용히 문을 닫고 나간다)

오   (어리둥절해하며 한참 기다리다가) 언니!

언니   (다시 문을 열고 들어서며) 응.

오   (좀 더 힘을 줘서) 발 좀 주물러달라고.

언니   알았어. (다시 문을 닫고 나간다)

오   ?

언니는 한 시간이 넘도록 돌아오지 않았다. 결국 효정은 방
에서 걸어 나와 언니가 있는 옆방으로 갔다. 언니가 대체 뭘
하는지 궁금했던 것이다. 그런데 방문을 여니, 언니가 인기
척도 내지 않은 채 아주 조용히 앉아 있는 게 아닌가. 효정은
황당해하며 "발 좀 주물러달라니까 여기서 뭐 해?" 하고 물
었고, 언니는 그제야 알아듣고는 효정을 따라 나왔다.

   알고 보니 언니는 효정이 층간 소음을 걱정해 발 좀 들
고 조용히 걸으라고 이야기한 줄 알고, 발꿈치를 들고 사뿐
사뿐 방으로 걸어 들어가 꼼짝도 하지 않고 앉아 있던 것이
다. 효정은 결국 또 복식 호흡으로 분노를 표출했고, 그날 밤
언니는 동이 틀 때까지 효정의 발을 주물렀더랬다……

   항암 치료를 받은 효정은 더욱 예민해졌고, 목소리가
한층 작아져 알아듣기 어려운 경우가 많았다. 우리는 효정

의 의중을 눈치껏 파악해야 했고, 정확히 들리지 않는 말은 추측해 행동해야 했다. 그조차 어려워지면 이런 에피소드가 생겼지만…… 지금은 짜증을 내던 효정이 보고 싶다. 정색하며 쳐다보던 싸늘한 표정에 식은땀이 날 때도 있었지만. 효정의 그 눈빛 속엔 짜증과 함께 애정이 담겨 있었다. 어이가 없다는 듯 화를 내면서도, 끝내 웃고 마는 효정의 얼굴이 지금은 제일 선명하게 그립다.

효정이 떠난 후, 가장 절실하게 생각나는 건 바로 이런 일상의 아무것도 아닌 순간들이다. 특히 밥은 먹었는지, 밥을 어떻게 할 건지 궁금해하며 묻던 효정의 말이 그립다. 가끔 엄마가 전화로 "밥은 먹었어?" 하고 물을 땐, 밥 먹는 게 대수인가 싶었는데, 누군가가 밥은 잘 챙겨먹고 다니는지 궁금해하는 마음은 다름 아닌 사랑이었다. 그 사람이 힘을 내고 하루를 잘 살아내길 바라는 마음. 배를 곯아서 하루가 더 서글퍼지거나 힘들어지지 않았으면 하는 마음. 혼자 쓸쓸하게 대충 먹지는 않았으면 하는 마음. 그 순간만큼은 맛있는 음식을 먹으며 행복하길 바라는 마음. 사소한 순간들이 빠져나간 일상은 허전하고 서글프다.

효정의 생일 전날, 효정의 묘소에 찾아가겠다고 어머니에게 연락드렸다. 어머니는 그러라며, 태양이도 보고 싶다고 하셨다. 강화도에 있는 효정의 묘소에 효정이 좋아하는 디저트와 커피를 사 들고 갔다. 서울 하늘은 흐리고 어두웠는데, 신기하게도 효정에게 가까워질수록 하늘이 맑아졌다. 강화도의 바다가 한눈에 보이는 효정의 묘소에 도착했을 때, 이미 와 계신 어머니와 아버지를 만날 수 있었다. 어머니는 묘비에 새겨진 효정의 이름을 손끝으로 어루만지며 울고 계셨다.

태양이는 어머니를 알아보고는 바로 달려가 얼굴을 핥으며 애교를 잔뜩 부렸다. 정신없는 태양이 덕분에 어머니의 눈물이 멈췄다. 태양이는 그러고 나서 묘소를 한 바퀴 돌더니 효정의 묘 위에 올라가 살포시 앉았다. 마치 효정을 안아주기라도 하는 것처럼. 그 순간 푸른 하늘 위로 큰 새 떼가 줄지어 나타나 바다를 향해 날아갔다. 너무 많은 새들이 몰려와서 우리는 새떼를 한참이나 바라보았다. 문득 나는 효정의 방에 걸려 있던 그림을 떠올렸다. 윤슬이 빛나는 파란 바다 위로, 강아지가 큰 새를 타고 날아가는 그림을.

효정은 자신이 죽으면 꼭 저 그림처럼 새를 타고 바다 위를 날 것이라고 말했다. 비닐봉지를 부여잡고 토하던 그 순간에도 시선은 그림에 고정되어 있던 효정의 모습이 떠올랐다. 새들이 날아오던 그때, 나는 우리와 함께 있는 효정을 느낄 수 있었다. 푸르른 바다와 하늘, 태양이가 있는 이 그림 같은 순간, 효정은 분명 자신이 여기 함께 있다고 우리에게 보여주고 있었다. 효정의 이름을 어루만지며, 생일 축하한다고 오늘은 꼭 행복하자고 말했다. 새떼가 다시 한번 드넓은 하늘을 가로질러 날아왔다.

묘소에서 내려와서 어머니, 아버지와 함께 밥을 먹으러 갔다. 반려견 동반이 가능한 식당을 찾느라, 가까운 육개장집에 들어갔는데 너무 맛있어서 한 그릇을 뚝딱 먹었다. 그사이 성견이 되어 조금은 의젓해진 태양이와 살이 조금 빠지고 머리가 긴 나를 보고 두 분은 자식을 보듯 뿌듯해하셨다. 둘 다 아주 예뻐진 걸 보니, 잘 지내는 것 같아서 보기 좋다고 흐뭇해하셨다. 나는 효정의 부모님과 함께 밥을 먹는 그 시간이 따뜻하고 행복하게 느껴졌다. 그건 익숙함 때문이기도 했지만, 함께 밥을 먹는다는 행위에 담긴 끈끈한 유대감 때문이기도 했다. 그러니까 '식구' 말이다.

식당을 나와선 두 분의 집으로 갔다. 태양이는 오랜만에 온 본가가 반기운지 '냄새를 밑으며 집 안을 돌아다녔다. 어머니는 그간 절에서 어떻게 지냈는지, 최근에 어떤 꿈을 꿨는지 계속해서 근황을 이야기해주셨다. 어머니는 아마도 내가 보고 싶으셨던 것 같다. 편안한 얼굴로 이런저런 이야기를 들려주시는 어머니가 나 또한 편안하게 느껴졌고, 어머니가 웃거나 시선을 돌리는 매 순간마다 효정이 겹쳐 보여서 애틋해졌다. 어머니가 계속 뭔가를 말씀하시는 게 좋

앗다. 효정이 지금 이 모습을 보고 있다면 "엄마, 말 좀 그만
해" 하고 또 한마디했겠지.

효정을 보러 갔다가 슬퍼지면 어쩌나 걱정했는데 다행
히 마음이 편안하고 포근했다. 효정을 마음껏 생각할 수 있
어서 좋았고, 사람들도 효정을 많이 생각하고 그리움을 표
현해줘서 좋았다. 어디서든, 효정도 오늘만큼은 넘치도록
행복했으면 좋겠다고 생각했다.

별멍의 밤, 돌아온 마음

유독 길었던 여름이 지나갔다. 체감상 한 해의 반은 여름이
었던 것 같다. 추석에도 무더위가 가시질 않더니, 10월이 되
어서야 비로소 날이 선선해졌다. 향동천의 나무들이 노랗고
빨갛게 물들었다. 따뜻한 색을 입어가는 가을을 바라보며
나는 문득 캠핑을 가고 싶다는 생각이 들었다. 캠핑이 가고
싶어진 건 일 년여 만이었다. 캠핑하기 딱 좋은 날씨이기도
했고, 함께 떠나고픈 사람들도 있었기 때문이다.

　사실 캠핑을 준비하는 건 번거롭다. 특히 주말의 캠핑
장은 예약도 쉽지 않을뿐더러, 캠핑 장비와 음식을 챙기는
것도 일이다. 기온이 떨어지는 가을, 겨울에는 난로, 동계 침
낭 등 난방용품을 챙기느라 짐도 두 배가 된다. 두 명만 가도
차에 짐을 한가득 실어야 할 정도인데, 베란다에서 장비를

싹 빼서 차까지 싣는 것부터가 일이다. 그래서 그간 캠핑을 갈 엄두가 나지 않았다. 짐을 챙기는 것부터가 너무 귀찮았고, 그럴 열정도, 여력도 없었다. 하지만 선선해진 10월의 어느 날, 나는 캠핑을 가고 싶었다. 아니, 그 고생을 감수할 마음이 생겼다.

금요일부터 일요일까지, 이박 삼일로 강원도 고성의 울산 바위가 보이는 캠핑장을 예약했다. 가족 단위나 단체로 갈 수 있는 캠핑장과 달리 이삼 인 단위로 운영되어 조용하게 쉴 수 있는 곳이었다. 특히 밤이 되면 주변에 불빛이 하나도 없어서 '별멍'을 하기 좋은 장소인 것도 마음에 들었다. 밤마다 예약 사이트를 확인하며 취소 자리가 생기기를 기다렸고, 마침내 어느 날 밤 운좋게 빈자리가 생겼다. 나는 빛의 속도로 예약했다. 장소 예약에 성공하고 나니, 갑자기 마음이 들떴다. 어떤 텐트를 가져갈지, 테이블은 뭘 쓸지, 조명은 어떻게 준비할지 등 텐트 설치 계획을 세웠다. 오랜만에 설레는 감각이 되살아났다.

금요일에 연차를 내고 오후에 캠핑장으로 출발했다. 며칠 내내 흐리다가 당일엔 거짓말처럼 하늘이 맑아졌다. 저녁에 캠핑장에서 볼 밤하늘에 벌써부터 마음이 두근거렸다. 차를 타고 축구팀의 민정, 민아 언니를 차례로 픽업했다. 캠핑을 함께 갈 멤버들이었다. 내가 가장 힘든 시간 동안, 지근

거리에서 나를 묵묵히 지켜봐준 이들에게 나는 멋진 풍경과 음식으로 보답하고 싶었다. 아니, 언니들과 좀더 많은 이야기를 나누며 함께 시간을 보내고 싶었다. 그래서 나는 이들에게 캠핑을 제안했고, 언니들은 캠핑이 처음이었지만 흔쾌히 수락했다. 오십대인 민정 언니는 돌바닥에서 잘 각오까지 하고 가겠다고 말했다(야전 침대에서 따스하게 재워드렸다). 차에 타는 언니들의 얼굴에, 어릴 적 김밥을 싸 들고 소풍을 떠날 때의 풋풋한 설렘이 묻어났다.

강원도로 가는 길은 세 시간이 넘게 걸렸다. 우리는 가는 내내 음악을 들었다. 89, 86, 74년생인 우리가 모두 아는 김형중, 김건모, 이문세, 장혜진 등으로 대표되는 90년대 가요를 위주로 틀었다. 그러다 옛 사운드가 지겨워지면 죠지, 크러쉬, 소수빈 등 달달한 노래를 듣기도 했다.

내 옆자리에 앉은 민아 언니는 노래를 따라 부르다가, 창밖 풍경을 말없이 한참 감상하기도 했다. 기분이 좋아 보였다. 차 안에서 좋아하는 노래를 이렇게 쭉 들어본 게 정말 오랜만이라나. 민아 언니는 네 살짜리 딸이 있어서 차로 이동할 때는 늘 〈뽀로로〉 같은 유아 송을 듣는다고 했다. 무엇보다 아이와 이렇게 오랫동안 떨어져 있는 건 처음이라고. 학원 원장인 민아 언니는 실로 오랜만에 육아와 노동에서 완전히 해방되어, 오로지 자신에게 집중할 수 있는 시간을 갖게 된 사실이 기쁜 듯했다.

뒷자리에 앉은 민정 언니도 익숙한 노래를 따라 부르며 콧노래를 흥얼거렸다. 민정 언니는 중학생 아들이 둘로, 아이들의 교육비를 벌기 위해 헤드헌터로 일한다. 민정 언니는 아이들과 함께 있을 땐 늘 아이들 밥부터 챙기고, 떨어져 있을 땐 애정을 가득 담아 문자를 보내는데 아이들은 '읽씹'을 하거나, 'ㅇ' 한 글자만 보내서 서운하다고 했다. 바쁜 직장 생활과 무뚝뚝한 가족들로부터 잠시 벗어나, 민정 언니 역시 오랜만의 여유를 만끽하는 듯했다. 민정 언니는 말수가 많은 편이 아닌데, 들뜬 음성에서 언니의 기분이 그대로 느껴졌다.

우리가 캠핑장에 도착했을 때 이미 날은 어두워져 있었다. 우리는 차에서 장비를 꺼내 서둘러 텐트를 치기 시작했다. 둘 다 캠핑은 처음이었음에도 민아 언니는 알아서 망치를 들고 다니며 텐트 펙을 박았고, 민정 언니는 의자와 테이블을 척척 세팅했다. 금방 새로운 보금자리가 완성됐다. 곧바로 그리들(캠핑용 불판)에 삼겹살을 구워먹으며, 그날 밤에만 셋이서 소주 다섯 병을 마셨다. 민아 언니는 맥주 한 잔이 주량일 정도로 '알쓰'라고 했는데, 신기하게도 취하지 않고 계속 마셨다. 그날은 정말 세 명 다 술이 술술 들어갔다. 텐트 뒤편으로 계곡물 소리와 풀벌레 소리가 끊임없이 들려오는, 바람도 별로 불지 않는 딱 좋은 가을밤이었다. 강원도 숲속이다보니 공기 또한 맑았다. 그런 곳에서 먹는 술은 물과 같다. 그렇게 밖에서 기분 좋게 술을 마시면, 취하려야 취하질 않는다.

텐트 밖으로 나오니 머리 위로 별이 쏟아졌다. 우리는 전망대로 걸어가서 '별멍'을 했다. 남극에서 봤던 밤하늘보다도 별들이 잘 보였다. 선명하게 보이는 별들이 너무 많아서, 모든 게 다 이름 있는 별자리처럼 느껴졌다. 밤하늘을 한참 멍하니 올려다봤다. 가만히 앉아 있으니 밤공기가 차갑게 느껴졌지만, 시간이 멈췄으면 좋겠다고 생각했다. 아니, 정말로 시간이 멈춘 듯했다. 우리 말고는 아무것도 움직이는 게 없었고, 우리가 속삭이지 않으면 고요한 정적이 이어졌다.

구   이렇게 아득한 우주에서 보면 지구라는 별도 한낱 점처럼 보일 텐데, 그 안에서 우리는 얼마나 작고 미미한 존재일까?

민아 언니   그런 우주에서 자유 의지를 가지고 살아 움직이는 우리는 또 얼마나 대단한 존재야?

그 밤, 우리는 별들을 바라보며 인간이란 참 작으면서도 대단한 존재라고 느꼈다.

다음날 아침 우리는 다시 전망대에 올라 일출 빛이 반사된 울산 바위를 보았다. 떠오르는 햇빛에 반사된 울산 바위는 미국 남서부의 그랜드 캐니언 같은 진한 황토색을 띠었다. 이 시간이 아니고서는 볼 수 없는 비현실적인 색감이었다. 그때가 오전 일곱시경이었다. 그때부터 해가 지는 오후 일곱시까지 우리가 할 일은 그저 풍경을 마음껏 즐기고 맛있는 음식을 해 먹는 것뿐이었다. 우리에게 남은 하루가 아주 길게 느껴져서 나는 안심이 되었다. 조급해하지 않고 원하는 만큼 푹 쉴 수 있으니까.

울산 바위를 보고 우리는 계곡을 따라 내려갔다. 일교차가 큰 가을 아침이라 물이 차가웠지만, 바위 위로 흐르는 물은 투명하고 깨끗했다. 계곡물에 발도 담그고, 휴대폰과 필름 카메라로 사진을 남겼다. 서로 물장구를 치다가, 결국 온몸이 흠뻑 젖어버렸다. 물놀이를 하긴 다소 추운 날씨였지만, 아무도 개의치 않았다. 우리가 재밌게 노니까 사람들이 소리를 듣고 또 내려왔다. 지나가는 사람들도 부러워할 만큼, 아무 걱정 없이 해맑게 뛰노는 어린아이들이 된 것 같았다.

이후 언니들은 첫 캠핑을 돌아보며 이렇게 말했다.

민정 언니　난 계곡에서 물놀이하던 때가 가장 행복했어. 아
무 생각 없이 신나게 놀 수 있다는 사실이 신기
했거든.

민아 언니　난 캠핑장에 널브러져 있을 때가 좋았어. 시간에
구애받지 않고, 다른 사람 눈치도 안 보고, 그냥
흘러가는 대로 하고 싶은 걸 하면 되니까 자유로
운 기분이 들더라.

나는 햇살이 부서지는 나른한 오후에 책을 읽던 시간이 가장
좋았다.

　민정 언니는 바람에 일렁이는 나무 아래에서 따뜻한 침
낭 속에 폭 들어가 낮잠을 잤고, 민아 언니는 텐트 안에서 최
진영 작가의 소설 『쓰게 될 것』을 읽었다. 민아 언니는 소설
을 쓰고 싶어해 교육원까지 진학했지만, 결혼과 출산을 거
치며 어느 순간 가정이 우선순위가 되어버렸다. 나는 언니
가 읽고 있는 책의 제목 '쓰게 될 것'처럼, 언젠가 언니가 소
설을 쓰면 좋겠다고 생각했다.

　그날 오후, 우리는 속초 시장에서 째복이라는 조개를
샀다. 서해에 바지락이 있다면, 동해에는 째복이 있었다. 째
복을 마늘과 함께 익혀서 청주를 넣고 술찜을 해 먹었다. 째
복은 바지락보다 깨끗하고 오동통한 식감이 일품이었다. 원

산지에서 제철 음식을 맛보는 행복감이란. 기분 좋게 술을 곁들여 먹었다.

그리고 전망대로 올라가 또 별멍을 했다. 첫날보다 별이 더 잘 보였다. 나는 또 한참 동안 밤하늘을 멍하니 바라보았다. 죽음에 대해 떠올리지 않고, 이렇게 며칠간 평온한 감정으로 지내는 건 참 오랜만이었다. 지난주에는 내가 살아 있다는 게 기만적으로 느껴졌는데, 오늘은 살아 있어서 다행이라는 생각이 들었다. 살아서 아름다운 풍경을 볼 수 있어서 좋았다. 그런데 그 순간 나는 나 자신이 당황스러웠다. 죽음과 불행을 목격하고도, 밤하늘의 별을 보며 삶의 아름다움을 찬양하는 내가 얄팍하게 느껴졌던 것이다.

과연 사는 동안 나 자신을 제대로 아는 게 가능하긴 할까? 캠핑의 '캠' 자도 떠올리기 싫고, 다시는 누군가와 교감할 수 없을 것 같던 시간이 지나가고, 나는 다시 좋은 사람들과 캠핑을 와서 행복하다고 느끼고 있다. 밤하늘을 수놓는 별들을 보며 아름답다고 느끼고 있다. 내일이 되면 또다시 죽음을 떠올리며 우울해질 수도 있지만, 지금 이 순간만큼은 살아 있어서 진심으로 다행이라고 느끼고 있다. 이렇게나 빨리 다시 설레고, 행복해할 수 있다니. 아름다운 풍경 속에서 나는 나의 마음이 분명히 치유되고 있음을 실감했다.

아마 그 풍경 속에 혼자였다면, 이렇게까지 행복하다고

느끼진 않았을 것이다. 함께 밤하늘을 올려다보며 충만한 감정을 공유할 수 있는 사람들이 있었기에 이 설렘이 가능했으리라. 아무리 내면을 들여다보고 나 자신을 돌보려 해도, 나는 결국 사람을 통해 치유받을 수밖에 없는 존재임을 다시금 깨달았다.

민정 언니는 원래 불면증이 있다고 했다. 아무리 늦게 자도 매일 새벽 다섯시에 눈이 떠지는데, 잠이 오지 않아 새벽마다 혼자 넷플릭스를 본다고. 하지만 지난 며칠 동안 민정 언니는 그 누구보다도 잘 잤다. 밤에 제일 먼저 잠들어서, 오전 일곱시가 넘어서야 일어났다. 심지어 낮잠도 자고, 차 안에서도 금방 잠들었다. 우리는 허언증이 아니냐며 놀렸지만, 민정 언니가 그만큼 편안함을 느꼈단 걸 알 수 있었다.

민아 언니는 아이와 오래 떨어져 지내는 게 처음이라, 아이도 또 언니 자신도 내내 불안할까봐 걱정된다고 했었다. 하지만 웬걸, 아이는 며칠간 엄마를 찾지도 않고 아빠랑 매우 잘 놀았다고 했다. 민아 언니도 오로지 자신에게 집중하는 시간을 보냈다. 캠핑이 체질인 것 같다면서.

그러니까 이번 캠핑은 우리 모두에게 새로운 나를 발견하는 여행이자, 그런 모습을 곁에서 함께 지켜봐주는 사람들과의 여행이기도 했다.

캠핑을 다녀오니 향동천에 늘어선 나무의 색들이 좀더

짙어지고, 바람도 한결 차가워졌다. 이제 진짜 연말이 다가 왔음을 피부로 느낀다. 끝나지 않을 것 같던 여름이 지나가고, 한 해가 가고 있다. 영원히 멈춰 있을 것 같은 시간도 결국 흘러갔고, 소멸했다. 사랑도, 행복도, 슬픔도, 절망도 결코 멈춰 있는 건 없다. 모든 건 지나가고 흘러간다. 그렇게 흘러가는 자연에 속한 나 또한 함께 흘러가고 있음을 느낀다.

　삶이란, 흘러가는 시간 속에서 때때로 찾아오는 지독한 절망에도 불구하고, 그저 사랑하는 사람들과 행복한 추억들을 쌓다 떠나면 되는 게 아닐까? 곧 겨울 캠핑을 다녀와야겠다.

다시 걷는 길

나는 혼자 걷고 있었다. 어디에서 왔는지는 모른다. 어느 더운 여름날 홀로 세상 밖으로 나왔고, 태어나보니 가야 할 길이 있었다. 그 길을 따라 걸었다. 그 길 위에서 때때로 둘이 되었다가, 셋이 되었다가, 여럿이 걷기도 했지만 대부분의 시간 동안 나는 혼자 걸었다. 그러다 답답하면 뛰기도 했다. 전속력으로, 저 앞에 가는 사람들을 따라잡고자. 어디로 가는 건지, 이 길의 끝에 무엇이 있을지, 얼마만큼의 속도로 가야 할지 숙고해본 적은 없었다. 그저 이게 나의 길이라고 믿으며 걷고, 뛰었다.

그 길의 중간에서 효정을 만났다. 효정은 무더운 여름날에도 전력으로 뛰어가고 있었다. 더운 바람을 가르며 뛰어가는 효정의 이마에 땀이 송골송골 맺혔지만, 효정은 즐거워 보였다. 효정의 눈에는 푸른 하늘과 바다가 담겨 있었고, 효정은 힘차게 그 빛나는 꿈을 향해 달려갔다. 나도 효정의 옆에서, 효정과 함께 달렸다. 우리는 우리가 알 수 없는 미지의 세계로, 이 길의 끝에 있을 달콤한 결실을 상상하며 거침없이 달렸다. 언제고, 영원히 그렇게 달릴 수 있을 줄 알았다.

하지만 어느 순간부터 효정의 발걸음이 느려졌다. 바람을 가르며 힘껏 달리던 효정의 다리를 누군가 뒤에서 끌어당기는 듯했다. 효정은 어쩔 수 없이 속도를 늦췄다. 그리고 걷기 시작했다. 나도 효정의 보폭에 맞춰 걸었다. 그렇게 걸으면서 여러 이야기를 나눴다. 우리가 걸어가고 있는 이 길의 끝에는 무엇이 있을까? 그 과정에서 어떤 것들을 만나게 될까? 누구와 함께 무엇을 바라보며 갈까? 왜 우리는 그토록 빨리 가고 싶어할까?

효정은 타인의 기대에 부응하기 위해 노력하며 살아온 게 후회된다고 했고, 그걸 깨달은 순간부터는 온전히 자신에게 집중했다. 걸으면서 나뭇잎 사이로 내리쬐는 햇살을 느끼고, 햇빛에 반짝이는 강물을 보며 감탄하고, 신나게 지저귀는 새소리에 귀기울였다. 그리고 자신의 삶에서 소중한 게 무엇인지 되돌아봤다. 효정은 사랑하는 가족과 친구들 그리고 자신을 지탱해주었던 일을 떠올렸다. 효정의 마음속에 소중한 것들을 지키고자 하는 결연함이 깃드는 게 보였다.

하지만 어느 날 효정의 다리는 멈췄고, 효정은 길 위에서 영영 사라져버렸다. 효정이 어디로 갔는지 알 수 없었다. 나는 효정이 사라진 그 자리에 주저앉아 한참 동안 강가를 바라보았다.

절망의 시간이었다. 효정의 죽음은 나를 한순간에 우울의 바닥으로 추락시켰다. 죽음이라는 게 처음엔 믿기지 않고 그저 당황스럽다가, 죽음을 서서히 받아들이게 되면서 나는 깊은 슬픔에 빠졌다. 앞으로도 계속될, 영원한 부재를 받아들이는 것만큼 고통스러운 것은 없었다. 부재의 시간이 계속될수록, 과거의 시간이 오히려 선명하게 되살아나면서도 낯설어졌다. 현실과의 괴리감 때문에 과연 우리가 마음 깊이 교감한 적이 있긴 했는지 의문이 들 때도 있었다. 효정과 더이상 대화할 수도 없고, 우리 사이에 그 어떤 것도 쌓을 수 없다는 게 죽음의 가장 잔인한 점이었다. 과거의 잔상들 사이에서 지독히도 외로운 날들을 흘려보내며 나는 죽음을 생각했다. 죽음 앞에서는 찬란한 꿈도, 사랑하는 사람들도, 소중한 작품들도 모두 빛바랠 뿐이었다. 죽음은 살아 있는 그 모든 것들을 허망하고 우습게 만들었다.

하지만 내가 달리 할 수 있는 건 없었다. 죽음도 두렵고,

살아가는 것 또한 두려웠다. 살아 있는 동안의 가장 큰 두려움은 영원한 고립이었다. 어차피 혼자 와서 길을 걷다가 다시 홀로 떠나는 게 인생일 텐데도, 나는 영영 혼자인 채로 남게 될까봐 두려웠다.

그때 누군가 물었다. 진짜 혼자라고 생각하냐고. 정말 완전히 고립되었다고 생각하냐고. 사실 나는 완전히 혼자는 아니었다. 내가 고개를 푹 숙인 채 웅크려 있는 동안, 나를 기다려주고 지켜봐준 이들이 있었다. 때마다 밑반찬을 해서 갖다주는 엄마가 있었고, 시시때때로 안부를 물어오는 오랜 친구가 있었고, 매일 아침 나를 산책길로 인도하는 동료가 있었고, 나에게 슬며시 시집을 건네는 이웃이 있었다. 그리고 내가 울 때마다 곁으로 와서 나를 위로해주는 작은 생명체도 있었다. 나는 고립되어 있지 않았다. 이들 덕분에 나는 세상과 연결되어 있다는 감각을 느낄 수 있었다. 나의 어두운 내면에 갇힌 채 영원히 침잠하지 않을 수 있었다.

다시는 이런 절망과 상실감을 경험하고 싶지 않다고 생각하면서도, 영혼의 깊은 교감과 사랑이 없는 삶은 또 얼마나 쓸쓸하고 비참한지에 대해 생각한다. 적당히 사랑하고, 적당히 느끼며, 적당히 표현하는 삶의 끝에는 과연 무엇이 남을까? 상처받지 않기 위해 마음이 무뎌지는 것을 선택하는 것만큼 인생에서 슬픈 일이 있을까?

　죽음으로 향하는 길 위에서, 그 여정을 풍요롭게 하는
건 결국 함께하는 사람이라는 것을 온몸으로 깨닫는다. 무
한한 기쁨도, 아쉬움도, 분노도, 깊은 절망도 아무런 감정을
느끼지 못하는 무의 상태보다 행복하다는 것을 결국 받아들
인다.

　우리는 인생의 길 위에서 잠시 스쳐지났을 뿐이지만,
나는 영원히 살아 있는 효정을, 함께했던 찬란한 시간을, 그
리고 피할 수 없던 죽음을 기억할 것이다. 그 시간들 덕분에
나는 한때 충만한 에너지로 가득찼고, 동시에 깊은 슬픔을
느꼈으며, 그 슬픔 속에서 나 자신을 들여다보게 되었다. 효
정과 함께했던 시간 덕분에, 너의 삶과 죽음을 바라보며 나
는 비로소 나를 마주할 수 있었다.

　어둡고 못생기고 울퉁불퉁한 밑바닥의 나를 받아들이
고, 나는 다시 걸어갈 준비를 한다. 앞으로 만나게 될 인연들
과 가보지 못한 우주를 기대하며, 죽음으로 인해 부서질 모
든 것들을 두려워하며, 그로 인해 틈틈이 나를 파고들 슬프
고도 아름다운 시간들을 떠올리며.

추천의 글

김윤아 (뮤지션)

생기 넘치는 문장.

활기찬 일상과 찬란한 젊음이 가득하다.

방금 전까지만 해도 치열하게 살았던 사람.

그러나 그는 더이상 세상에 없다.

삶으로 가득찬, 죽은 이의 문장을 읽는다.

남겨진 이는 애통하다.

한 단어 한 단어에 애정과 슬픔이 가득하다.

방금 전까지만 해도 곁에 있었던 사람.

그러나 그는 더이상 세상에 없다.

죽음으로 가득찬, 산 이의 문장을 읽는다.

그러나 단단한 두 사람은 죽음에 침몰되지 않는다.
그들이 함께 마지막을 향해 가는 여정에는
유머와 존엄이 있다. 아름답기까지 하다.

인간은 유한하다. 인생은 한 번뿐이다.
어떻게 살아가야 할지 고민하는 당신에게
오효정과 구민정이 교환한 비밀스러운 일기가
반짝이는 해답을 제시해줄 것이다.

추천의 글

천선란(소설가)

이 책은 나를 향한 명랑한 예언이다. 우리가 피할 수 없는 두 가지, 떠나는 것과 남겨지는 것이 동시에 담겨 있다. 둘 중 어느 하나도 쉽지 않아, 모든 페이지가 서글프다. 떠나는 이의 말은 단단하고, 남겨진 이의 말은 물에 퍼진 종이처럼 흐물흐물하다.

왜 세계는 이토록 모순 덩어리일까. '죽음'이 가진 슬픔과 고통이, '삶'이 가진 굳건함과 선명함이, 우리가 익히 알고 있는 그 당연한 이치가 한순간 뒤섞이며 의미가 뒤바뀐다. 이 책은 그런 세계의 모순을 기록했다. 죽어가는 한 사람과 그것을 지켜볼 수밖에 없는 한 사람이, 죽음의 근사치를 나란히 걸으며 굳건하고 선명한 죽음, 그리고 슬픔과 고통으로 가득한 삶을 이야기하면서 끊임없이 질문을 던진다. 우리는 어떤 세상에 살고 있는 것일까. 죽음과 삶이 뒤섞여 엉망이 되었듯이, 우리가 알고 있던 행복과 가치, 꿈, 희망, '굳건하다'는 단어의 의미를 다시 되돌아보게 만든다.

마침내 마지막 페이지를 넘길 때면 깨닫게 될 것이다. 물에 퍼진 종이처럼 흐물흐물한 말도 켜켜이 쌓여 벽처럼 단단한 종이처럼 될 수 있다는 사실과, 엉망으로 뒤섞인 의미 속에서도 좀처럼 무너지지 않는 아주 견고한 하나의 진리를. 죽는다는 건 나의 잘못이 아니다. 마찬가지로 살아남는 것도, 누군가를 떠나보내고 살아가야 한다는 것도 결코 잘못일 수 없다.

오늘도 우리는 삶의 답을 알지 못한 채 죽음의 근사치를 나란히 걷는다.

스위밍꿀 에세이

명랑한 유언

© 구민정 오효정 2025

초판인쇄	2025년 2월 5일	**초판발행**	2025년 2월 20일

지은이	구민정 오효정
펴낸이	황예인
편집	황예인
모니터링	박건우 황인지
디자인	함익례
제작	세걸음 임현식

펴낸곳	스위밍꿀
출판등록	2016년 12월 7일 제2016-000342호
주소	서울특별시 마포구 양화로 58
연락처	swimmingkul@gmail.com
ISBN	979-11-93773-08-6 03810